5分
シリーズ

5分後に取り残されるラスト
feat.梨

JN223349

Hand picked 5 minute short,
Literary gems to move and inspire you

河出書房新社

プロローグ

五分。
今から、五分だけ、時間をくださいませんか。

いえ、それほどお時間は取らせません。
もしかしたら二、三分で終わってしまうかもしれない。
それくらい短い、ほとんど誤差のような時間で済むお話です。
興味がなければ、そのまま聞き流していただいても構いません。

今からするのは、「五分《ごぶ》」に関するお話です。
「五分」ではありませんよ。
「五分《ごぶ》」に関する話です。

五分を「ごふん」ではなく「ごぶ」と読むとき、そこにどんな意味があるか、あなたはご存じですか。

まずひとつは「一寸の半分」という意味。

一寸、は分かりますか？　ほら、一寸法師ってあるでしょう。あの一寸です。尺貫法《しゃっかんほう》といわれる、昔の日本におけるものの長さの数え方に即《そく》して考えたとき、一寸の半分にあたる長さのことを五分《ごぶ》といいます。つまり十分《じゅうぶ》で一寸というわけですね。

五分《ごぶ》は大体一・五センチほどだそうです。それなりに小さいですね。

「一寸の虫にも五分《ごぶ》の魂《たましい》」という諺《ことわざ》は、ここからきています。三センチほどの小さい虫にだってそれなりの魂はあるのだ、という思想でしょう。

ほかにも意味はあります。例えば先ほどの尺貫法的な換算《かんさん》から派生してか、「物事の半分」という意味でも用いられます。「五分咲《ごぶざ》き」といえば、桜などの花弁が満開と比較《ひかく》して半分程度咲いているという意味になる。

つまり、絶対的に「一寸の半分」「約一・五センチ」という数詞として用いられるのではなく、相対的に「全体と比較していくつ」という考え方でも用いられるのです。基準が一寸ではなく一メートルだったとすれば、五分《ごぶ》は一・五センチではなく五〇センチになる。

もうひとつだけ、ほかの意味を紹介《しょうかい》しておきましょうか。

それは、「互《たが》いに優劣《ゆうれつ》の差がない」という意味です。

例えばスポーツの中継《ちゅうけい》などで「実力は五分五分《ごぶごぶ》だ」「五分《ごぶ》に渡《わた》り合《あ》っている」なんて表現を聞いたことがあるかもしれません。このとき、その言葉が示すのは「互いに差がない」という意味であり、客観的に見ても優劣をつけられない状態だといえるでしょう。

このように、一口に「五分《ごぶ》」という表現を使ったとしても、その言葉が示す意味は、ほとんど真逆といってもいいかたちで変化しているのです。

絶対値的な単位として一・五センチ程度の大きさを表したかと思えば、もっと意味が広くなり、あらゆる物事の半分、という可変な大きささえも包摂《ほうせつ》する。どこまでだって大きくなれる。しかも、それは同時に、両者には差や優劣が存在しないという意味にさえなりえる。

そしてこの構造は、人に何らかの——特に「恐怖《きょうふ》」に類する——感情を喚起《かんき》させたい場合に、それなりに役立ちます。

最初はほんの少し、それこそ誤差になる程度の「ずれ」を与《あた》えるだけでいい。

その「ずれ」はやがて、より広く可変な大きさの穴にまで拡大し、同時にそれらの差をつけることが困難になっていく。

私たちは、より大きくなっていく「ずれ」に、いつしか気づけなくなる。

例えば、こんな想像をしてみましょう。
あなたは今、とても暗く長い吊《つ》り橋《ばし》の、真ん中に立っている。
吊り橋は高く、狭《せま》く、歩くたびにぎしぎしと音を立てている。
しかも、その橋には手すりや壁《かべ》といったものが存在せず、
少しでも足を踏《ふ》み外せば、あなたは黒く冷たい暗闇《くらやみ》に落ちてしまう。

その吊り橋を見下ろしても、底は一切見えません。
ただ、黒い風があなたの足元を吹《ふ》き抜《ぬ》けていくだけ。
碌《ろく》に身動きも取れず、行くことも戻《もど》ることもできず、
ただ落ちないようにぐねぐねとバランスを取ることしかできない。

そんな中で、あなたの後ろから、
やけにはっきりとした跫《あしおと》が聞こえてきました。

その音は明らかにあなたのほうへ向かっていて、
ぎしぎしという幽《かす》かな揺《ゆ》れは音とともに大きく、強くなっていく。

あなたは動けない。
ただ落ちまいと硬直《こうちょく》していることしかできない。
少しでも動いたら、動かされたら、
取り返しのつかないことになってしまうという感覚がある。

音は徐々《じょじょ》に近づいている。
振《ふ》り返《かえ》ることはできない。
それだけで身体《からだ》がぐらりとゆれてしまいそうなほど、
危《あや》うげなバランスで固まっている。固められている。
音は徐々に近づいている。
それが近づいてくる。

揺れが大きくなる、
風が吹いている、
体が揺れる、
なにかの、
気配が、
ほら、
もう、

ぽん、と背中を押《お》される。
ほんのわずか、後退《あとずさ》る。

自分の脚が、数センチだけ動いた。
ただの誤差でしかない程度の距離《きょり》、なはずなのに、
そのずれが拡大していく感覚がある。

ぐらりと、体が傾《かたむ》いた。
視線が傾いて、体の半分が宙に投げ出され、そして。

落ちる。
落ちていく。
体が、ゆっくりと重くなっていく。
取り返しのつかない絶望とともに、
どこかその状況《じょうきょう》を受け入れている自分に気づいた。
あなたは元からそこにいたような、そんな感覚。
その変化が、単なる誤差でしかないような。

分かりますか。
ひとに恐怖を与えるには、五分で充分《じゅうぶん》なんです。

ただほんの少しだけ、そのひとがいる場所をずらすだけでいい。

わずか数センチくらい、差なんて殆《ほとん》どないような距離。

そうすれば、いつしかその差は五分《ごぶ》に広がり、やがて受容される。

そのひとがいつの間にか取り返しのつかない場所にいることを、当人にすら気づかれないかもしれない。


つまり。

五分もあれば、ひとは簡単に「取り残される」ことができるのです。


と、ここまでが大体二〇〇〇文字程度の文章です。

ひとが一分間で読める文字数は約四〇〇字と言われていますので、あなたはここまでの文章を読み切るために五分程度の時間を使ったということになります。

これからあなたは、先述した様々な「ずれ」を体感することになるでしょう。文章を通して顕《あらわ》れるそれは、恐怖かもしれないし、不条理かもしれないし、ファンタジーかもしれない。五分という時間の中で生まれた五分《ごぶ》の誤差が、あなたをどのような暗闇へ突《つ》き落《お》としてくれるのか。それは誰《だれ》もわかりません。あなた以外には。

それでは、ページを捲《めく》ってみてください。

梨

目次

Contents

［カバーイラスト］儀式

善意のたまご

ふゆき

1

「ゆかりちゃん、また善意のたまごを貰《もら》ったんだって」

「いいなぁ、もう三個めだよね」

「あたしもなにか、善いことをするチャンス、ないかなあ」

マナミは両手を頭の後ろで組んで、空を見上げながら呟《つぶや》いた。

このところ、曇《くも》りがちの低い空を数羽の黒鳥が渡《わた》ってゆく。

カラスより少し大きな綺麗《きれい》な鳥だ。

あの鳥、なんていうんだろう。

野鳥に詳《くわ》しいお父さんに訊《き》いてみようか。

「ささいなことでもいいらしいよ。空いてる花壇《かだん》に花の種を蒔《ま》くとか、怪我《けが》をしたり迷子になってる動物を保護するとか」

早苗《さなえ》が説明している。

善意のたまご、についてだ。

それは昨年ごろから動画配信サービスMeTubeで話題になりはじめた出所不明の環境《かんきょう》保護プログラムの噂《うわさ》で、動植物や自然環境に善いことをすると、どこかから「善意のたまご」が届くというのだ。

ウズラのたまごほどの大きさで色や柄《がら》はさまざま。中はおそらく空洞《くうどう》で、尖《とが》った方の先端《せんたん》に丸カンをねじ込《こ》めば、キーホルダーやストラップにも加工ができる。

あきらかに人工物だし、造り自体はちゃちな代物《しろもの》だが、アイドルや芸人、タレント、政治家などが「善意のたまご」を集めてますアピールをしたり、また動機が明るいものなので自治体や学校単位でコレクションを推奨《すいしょう》したりと、ちょっとした社会現象になりつつあった。

ただ、早苗はささいなことでもいい、と言っていたが、善い行いをすれば自動的に届くというわけではなく、たまごを貰える善行かどうかは届いてみるまで分からない。

しかも届き方はさらに奇妙《きみよう》で、巣から落ちたツバメの雛《ひな》を巣に戻《もど》してやった子は学校の下駄箱《げたばこ》に脱《ぬ》いでおいた靴《くつ》の片方に入っていた。

ボランティアで荒《あ》れた山肌《やまはだ》に木の苗《なえ》を植樹した青年は、翌週出張で乗った新幹線の指定席に座《すわ》ったら前の網《あみ》ポケットにねじ込まれていたという。

人為的《じんいてき》に配達することもギリギリ可能ではあるが、北海道でも沖縄でもたまごはさりげなく思いもよらない方法で届けられ、しかも配っている現場を見た者が誰《だれ》もいないことから、妖精《ようせい》が配っているのでは、と誰かが呟いた言葉がいまでは真理を言い当てていると信じられている。

ゆかりがどんな善を行って、そんな不思議なたまごを三個も手に入れたのかはわからないが、マナミは自分も絶対に善意のたまごが欲しかった。

2

「じゃあ、また明日！」

「またね」

ランドセルをカタカタ鳴らしながら、子どもたちはそれぞれの家の方向へと走りだした。

マナミは家に帰ると、手を洗って、冷蔵庫に用意されているおやつを食べる。

今日はマナミの好きなぶどうゼリーだ。

リビングのテーブルにヤクルトと一緒《いっしょ》に運び、テレビをつけた。

両親はフランチャイズのコンビニを二店舗《てんぽ》経営しているから、昼も夜もなく忙《いそが》しい。

バイトの人に店を任せ、お母さんが帰ってくる夕方までマナミはいつも一人で留守番だ。

テレビではワイドショーが流れている。

どこかの動物園で生まれたキリンの名前を公募《こうぼ》中です。

小学生がけん玉世界一になりました。

南極の氷がどんどん融《と》けて、海獣《かいじゅう》たちの住む所がなくなっています。

『奥《おく》の細道』に番外編があった!?　と大学が発表しました。

南の国では干ばつが続き、北の国では洪水《こうずい》が始まりました。

虫歯にならないためには嚙《か》み応《ごた》えのあるにんじんスティックをおやつにしましょう。

一分単位でバラバラなニュースがながれ、興味を持つ前に画面が切《き》り替《か》わる。

マナミはすぐに飽《あ》きて、チャンネルを変えた。

ゼリーのプラ容器を片付け、宿題を取り出そうとランドセルを開いた時、電話が鳴った。

ディスプレイには見慣れた早苗の家の番号が表示されている。

「マナミ!　私にも届いた」

「え?」

「善意のたまご、ロビンの巣に入ってた」

「ロビンのたまごじゃないの?」

「ロビンはハムスターだよ」

そう、ロビンは大きなお尻《しり》をしたゴールデンハムスターだ。

ハムスターはたまごなんか産まない。

「見においでよ」

と早苗が言った。

自慢《じまん》されるのは癪《しゃく》だけど、実物の「善意のたまご」を見る絶好のチャンスだ。

「行く」

気が付くとマナミはそう返事をしていた。

3

早苗の家は歩いて五分ほどの近所だ。

行ってみると、すでに同じクラスの裕斗《ゆうと》と美晴《みはる》もたまごを見に早苗の部屋へやってきていた。

「ほら、これだよ」

早苗はさっそくたまごを見せてくれた。

「わぁ」

「キレイ」

お菓子《かし》の空き箱にティッシュを敷《し》き詰《つ》め、窪《くぼ》ませた中央に黄色と緑、赤と黒と青、オリンピックの輪のような配色でボーダーに塗《ぬ》り分《わ》けられた小さなたまごがうやうやしく鎮座《ちんざ》している。

「可愛《かわい》いね」

周囲をぐるりと観察して美晴は眩《まぶ》しそうに呟いた。

「どんな『善いこと』をしたんだ?」

とあやかりたい裕斗が訊く。

「それがまったくわからないの」

早苗は謙遜《けんそん》ではなく、本気で心当たりがないようだった。

「冷たい」

マナミは手のひらに載せたたまごの、意外な重量感と冷ややかさにドキリとしていた。

なんかもっとほんわかと優《やさ》しい感じがするものかと思っていたのだ。

「きっとマナミたちにも届くよ、そのうち」

早苗は気を遣《つか》ってくれたらしい。


欲しくない、とマナミは思った。

たまごはカラフルで小さくて親しみやすい形をしている。

なのに、マナミは手のひらから払《はら》い落《お》としたいほど、気味が悪かった。

急に青ざめ無口になったマナミを早苗たちは不思議そうに見つめていた。


それから、早苗はくだんのたまごをキーホルダーにしてランドセルに付けて登校するようになった。

ほかのクラスメイトにも、ぽつぽつとたまごは届きはじめ、年度末にはほとんどの子がランドセルにたまごを下げていた。

マナミはいまだにたまごが届かないことに複雑な心境ながらホッとしてもいた。

4

「ほんとにもったいない」

「仕入れを見直すか」

「在庫が少ないと他の店にお客さんを取られないかしら」

「バレンタインキャンペーンの時期だがな」

「去年もだいぶ、売れ残ったのよねぇ」

珍《めずら》しく揃《そろ》って晩ごはんを食べられることになった土曜日。

両親は廃棄《はいき》する日配品について苦悩《くのう》していた。

おにぎりや弁当など日持ちのしない商品をどう売りさばくか、季節、気温、天気にイベント。

さまざまな要因を考慮《こうりょ》して仕入れの数を予測するのだが、外れた日には大量の廃棄食品が出る。

晩ごはんを食べているマナミの頭越《あたまご》しに、埒《らち》の明かないやり取りは続く。

「半額シールやポイント還元《かんげん》もあまり効果ないしな」

「そうねえ」

マナミはそっとチャンネルを変えた。

観《み》たいアニメが始まる時間なのだ。

都心に建つ豪華《ごうか》なタワーマンションのオープンハウスや廉価《れんか》な外食チェーンの食べ放題のＣＭが流れたあと、画面は臨時ニュースに切り替わった。

「たまごに数字が浮《う》かんでいる」というのだ。

たまごを所持しているたくさんの人々が一斉《いっせい》に、「2025/04/04」と数字が浮かび上がったたまごの画像をＳＮＳに投稿《とうこう》しはじめた。

じつは「善意のたまご」は日本が始まり、というわけではなかった。

ほぼ同時多発的に世界中で配られ始めていた。

あいかわらず、誰がいつどうやって届けにくるのかは不明のままだが。

「日付と仮定したら、来年の春ということになります」

「人々の善意が発端のこのたまごから、なにかが生まれてくるのでしょうか」

キャスターはどちらかといえば、楽しみにしているニュアンスでこの話題を締《し》めくくった。

5

世界中の人々のささやかな善意。

動物や植物に向けられる愛、地球を守り救う目的でなされるさまざまな行為。

それと交換《こうかん》のように顕現《けんげん》するたまごたち。

飢餓《きが》や温暖化、終わらない人種の対立、最終兵器を競《きそ》って持ちたがる国家たち。

そんな鬱屈《うっくつ》した世界に変化が訪れるのかもしれない。

予言は実現し、二〇二五年の四月に世界中のすべてのたまごは割れた。

なにが孵《かえ》るのか、固唾《かたず》をのんで見守っていた人類は落胆《らくたん》した。

経年劣化《れっか》した樹脂《じゅし》が脆《もろ》くなるように、たまごの表面は曇って無数のヒビが入り、あっというまに砂塵《さじん》となって空へ舞《ま》い上《あ》がった。

「なあんだ」

世界の終わりに対する歪《ゆが》んだカタルシスを期待していた人類は、砕《くだ》けたたまごをさっさと捨てて前に進んだ。

かに見えた。

6

あれから十年。

地球規模で災厄《さいやく》が降りかかっていることを、世界保健局はついに認めた。

世界へ向けて発信するのか、パニックを避《さ》けるためもうしばらく秘匿《ひとく》しておくのか、各国の首脳たちが話し合いを始めた。

誰にも変えられない結論があった。

「人類は滅亡《めつぼう》する」

たまごが割れた二〇二五年以降。

人種や年齢、住んでいる地域にかかわらず、人類は徐々《じょじょ》に生殖《せいしょく》能力を失っていった。

原因はウイルスだった。

人類はみずからを滅《ほろ》ぼすウイルスの宿主を後生大事に守り運び、伝播《でんぱ》させたあげく、たまごを孵してみずからトリガーを引いたのだ。

たまごを産んだのは黒い鳥。

汚染《おせん》された黒い水を泳ぐ、黒い魚を食べて育った黒い鳥。

または鳥に擬態《ぎたい》したなにか。


破壊《はかい》し消費し無限に増殖を続けた一つの種の終わり。

もう預言者でなくとも、滅亡の黙示録《もくしろく》を書くことはできる。

百年の後、この世界は滅び、楽園は動物たちに還《かえ》される。


「またあの鳥だ」

ある時マナミは空を見上げ、カラスに似た黒い鳥がずいぶん増えていることに気が付いた。

「お父さんに名前、訊くの忘れたな〜」

花束をお願い

雛白書屋

固結びになった紐《ひも》が解《ほど》ける一歩手前。そういった感覚に、心が少々浮《う》き立《た》つ。

学校からの帰り道に渡《わた》るこの橋。その欄干《らんかん》に括《くく》り付《つ》けられている花束。最初は気にも留めなかったけれど、数日ごとに増えていくのを見ると、そうもいかない。

最近、事故があったのかと思い、軽く調べてみたけど特に情報は見つからなかった。僕《ぼく》が通う中学校でも地味に話題になり、ある種の都市伝説的な噂《うわさ》まで立っていた。

その謎《なぞ》を解き明かすチャンスが来たのだ。その花束を括り付けている張本人が今、目の前にいる。どこにでもいそうな地味な恰好《かっこう》をしたおばさんだ。

僕はそっと近づき声をかけた。そのおばさんは一瞬《いっしゅん》驚《おどろ》いた様子だったが、すぐに満面の笑《え》みに変わった。

僕はできるだけ悲しそうな表情を作りつつ、おばさんに訊《たず》ねた。

「どなたか……お亡《な》くなりになったんですか?」

「ええ、まあ。ふふふ」

おばさんは嬉《うれ》しそうに笑った。そして、僕が首を傾《かし》げたのを見て、言葉を続けた。

「ねえ、あなた。割れ窓理論ってご存じかしら?」

「え、あー、一つ落書きがあると、その周りも落書きされて……それで、どんどん増えていっちゃうっていうやつですか?」

「そうそう、だからね、この橋に花束を括り付けているのよ。誰《だれ》か真似《まね》をしてお花をお供えしてくれないかなって。たーくさんあったら嬉しいじゃない? ね、ね。これからは、あなたもお花をお供えしてくれるかしら? ね? 約束してくれる?」

「はぁ、はい……」

僕の手を握《にぎ》り、はしゃぐように顔を上下に揺《ゆ》らすおばさん。その勢いに負けてつい同意してしまったけど、別にすっぽかしてもいいだろう。また会うわけじゃないんだから。

それにしても、どういうことだろう? この橋から町を花でいっぱいにしたいとか? いや、枯《か》れるだろ。

「よかったわぁ。誰もお花をお供えしてくれないなんて寂《さび》しいじゃない? じゃあ、よろしくね」

おばさんはそう言って、ごく自然な動作で橋の欄干に立ち、僕を見つめた。

「約束よ」

おばさんは僕の視界から消えた。それから間もなく、すさまじい音が橋の下から聞こえてきた。

僕はその音よりも、激しく動く自分の心臓の音よりも、油汚《よご》れのように耳にこびり付いて、いつまでも離《はな》れない声のほうを気にしていた。

——約束よ。

頭の中でこだまし続ける。いつまでも、いつまでも。


「あの……どうしてフェンスに花束を括り付けているんですか?」

ある日、ショッピングモールの屋上の駐車場《ちゅうしゃじょう》で夕日を眺《なが》めていた僕に、不思議そうな顔をした一人の女性が声をかけてきた。

僕は微笑《ほほえ》んだ。

滲《し》み出《で》る

待井小雨

母は体調を崩《くず》すと体臭《たいしゅう》にあらわれる人だった。胃が悪いのか体の内から臭《にお》いを発して寝込《ねこ》む。心を弱らせやすい人で、体の方がそれに影響《えいきょう》を受けるのだ。

——お父さんに棄《す》てられたらどうしよう。

不安げな母の言葉を、臭いと同じく疎《うと》ましく感じていた。親類のない母は必死に父との縁《えん》にしがみ付いていた。

私が就職を機に家を出たのが数ヶ月前。もう今更《いまさら》不安もないだろうと考えてのことだ。だが、その考えは安易なものであった。

父が体を壊《こわ》した母を家から追い出したのだ。

急いで帰省し家族で暮らしていたマンションの一室に入るなり怒《おこ》った私に、父は慌《あわ》てるでもなく言った。

だって、臭《くさ》いんだよ——と。

「それだけのことで⁉」

「同じ建物の中だ」

追いやったのは同じマンションの別の階の部屋だという。最も遠い部屋。

母に対して薄情《はくじょう》な人だというのは昔から感じていた。懸命《けんめい》に追いすがる姿を冷めた目で見る人だったから。

父を強く睨《にら》んで部屋を出る。エレベーターは漏水《ろうすい》のため故障していた。これでは母は気軽に降りてくることも出来ない。階段を駆《か》け上《あが》って着いた母の部屋の玄関《げんかん》の外、そこには水溜《みずた》まりが出来ていた。ここも漏水……？　と思いながら呼《よ》び鈴《りん》を押《お》す。

『……はい』

くぐもった声だった。

「良かった、起き上がれるんだね。開けてくれる？」

まずは母の看病だ。よほど体調が悪いに違《ちが》いない。だって、

（こんなに酷《ひど》い臭いがしてる）

そう思ってから、その考え方の異様さに初めて気づいた。いくらなんでも扉《とびら》を隔《へだ》てているのに臭いがするのはおかしい。生ごみや汗《あせ》の臭いでもない「具合の悪い母の臭い」としか呼べない臭気が、きつく漂《ただよ》ってきていた。

――だって、臭いんだよ。

みんな耐《た》えかねてしまったのだと父は言っていた。隣室《りんしつ》もその隣《となり》も、下の階の人もその下もみんな厭《いや》な臭いがすると訴《うった》えていなくなってしまったと。見れば、隣室の戸の前にもとろりとした水溜まりが出来ていた。

『開けられない』

「えっ……？」

『こんな姿、見せられない』

哀《かな》しそうな声だった。ずる、ずる、と重くぬめった音をたてて母が扉から離《はな》れていくのを感じた。

なんだ、本当に気づいてなかったのか――と父は言った。

「あいつには身寄りがない。それは、人として生まれてこなかったからだ」

草臥《くたび》れきった顔だった。

「川の底か沼《ぬま》の近くか……もう憶《おぼ》えていない。いつの間にかあいつは俺《おれ》の人生に滑《すべ》り込《こ》んで妻になっていた」

一瞬《いっしゅん》の光景だけが脳裏《のうり》に蘇《よみがえ》るのだという。泥《どろ》の中に手を伸《の》べる自分と、その手を取る何かの姿。それは全身に泥を纏《まと》って腐臭《ふしゅう》を放っていた。

「お母さんが人ではないなんて……そんなことを言うつもり?」

何を言うの、ばかばかしい。……何を言うの。

「弱ると形を保てずに崩れるんだ。ぐずぐずとしたそれがあいつのいた泥の臭いのようで」

とても不快なんだ、と壁《かべ》に染《し》みを作る水を睨んだ。

……あれはきっと、水ではないのだろう。

「それでも一緒《いっしょ》に暮らしてきたじゃない」

「お前がいたからだ」

父ははっきりと言う。

「お前のことは可愛《かわい》いよ。だって俺の子だもの。どんなものから生まれてきたとしても、お前には俺の血が流れてる。だけどあいつを家族だとはどうしても思えない。俺の家に——同じ空間にあいつがいると思うだけで、耐えられないんだ。だから、もういいじゃないか」

父だけを頼《たよ》りに地上に這《は》い出《だ》した母は、捨てられないよう顔色を窺《うかが》ってひたひたと張り付く。その母を捨てる機会を父はずっと求めていた。

「お前が出て行ったから」

もう夫婦《ふうふ》として生きなくてもいいじゃないかと思った。

「お前が出て行ったから」

娘《むすめ》がいることで安堵《あんど》を得ていた母は不安に苛《さいな》まれ追《お》い詰《つ》められた。もう臭気を身の内に隠《かく》すことも出来ないほどに形は崩れてしまっている。

……ああ、あの日。

（お母さんの臭いだ）

そう思った昔の自分。腐った魚がドブ川に沈《しず》むのをランドセルを背負って見ていた。生き物の溶《と》けた泥の饐《す》えた臭気。それが今、一番遠いはずのあの部屋から。

「もう、この部屋にまで臭いが」

いや、と声がした。この部屋にいないはずの母の声。

――私を見ないで。離れないで家族でいて。

どこから聞こえてくるかも分からぬ声に、父は動じることもなく答える。

「見るべき姿すら保ててないくせに」

――ちゃんと、戻《もど》るから。

「俺はお前を妻だと思いたくはない」

……いや。

不安を念入りに植え付け傷つける父。それでも私を振《ふ》り返《かえ》る顔は娘を慈《いつく》しむ親の表情だ。

「こいつの後始末は俺がつける。お前はもう帰るんだ」

（いや……）

――世界が揺《ゆ》らぐ。人でなかった母と人でなしの父。

であれば私は何なのだ。

強い不安に襲《おそ》われる。恐怖《きょうふ》に絞《しぼ》られて苦しくなる。息を吸った。吸い込めるだけ吸い込むと、体が膨張《ぼうちょう》したような感覚を覚えた。

「……いやだよ、ねぇ」

すがる声は私のもの。手を伸ばすと父が顔を引きつらせた。身の内の澱《よど》みが恐怖に搦《から》め捕《と》られて引きずり出される。

ああ、と声と共に息を吐《は》いた。

それは疎ましくも身に馴染《なじ》む、汚泥《おでい》のような異臭を放っていた。

痕跡《こんせき》

酒解見習

つい先日のことです。

急な出張で訪れたその町は、いかにも寂《さび》れた感じの地方都市でした。ちょっとしたトラブルで取引先に呼びつけられ、何とか理解は得られたものの、話が付いたころには、もう日もとっぷりと暮れていました。

こうなったら日帰りは諦《あきら》めて、この町で一泊《いっぱく》しようと腹を括《くく》りましたが、慌《あわ》てて駆《か》けつけたため、宿の予約も出来ていません。とりあえず、この町に一つしかないというホテルを紹介《しょうかい》してもらって駆《か》け込《こ》んでみましたが、申し訳なさそうな顔をしたフロント係に、〝あいにくと本日は満室でございます〟と断られてしまいました。

そこを何とか、どんな部屋でもいいから、と必死の思いで縋《すが》りつくと、係の人は少し考え込んだ後、こう聞いてきました。

「普段《ふだん》使っていない一階のお部屋なら一つご用意出来ますが、それでもよろしいですか？」

「結構です。どんな部屋でも、今夜一晩泊まれればいいんで」

「あまり使っていないお部屋ですので、その……少々埃《ほこり》っぽいかもしれませんが、よろしいでしょうか」

念を押《お》すように聞いてきたフロント係に対し、こちらも念を押すように即答《そくとう》しました。

「構いません。大丈夫《だいじょうぶ》です」

「それでは、ご用意させて頂きます。少々お待ちください」

何とか宿が取れてほっとした私が宿帳に記入している間に、一旦《いったん》フロント係は奥《おく》に引っ込んで、暫《しばら》くしてから戻《もど》って来《き》ました。

「それでは、こちらがお部屋のキーでございます。ここの廊下《ろうか》をまっすぐ行って頂いて、右に曲がったところの一〇一号室になります。浴衣《ゆかた》のほか、アメニティ類は、お部屋の方にご用意しておきました」

礼を言ってキーを受け取り、部屋に向かおうとすると、あの、お客様と声をかけられました。

「あと、夜お休みになる時は、お部屋のカーテンは必ず閉めておいて頂けますでしようか」

「何故《なぜ》でしょうか」

「実は、その……窓がある側はご近所との距離《きょり》が、かなり近くなっておりまして。カーテンを開けてしまいますと、プライバシーの点でお互《たが》いに色々と差しさわりが出てまいりますので……申し訳ございませんが、ご協力をお願い致《いた》します」

「ああ、わかりました」

部屋に入ると、確かに長いこと使われていなかった空き部屋のような少し埃っぽい臭《にお》いがしましたが、耐《た》えられないほどのものではありませんでした。とにかく疲《つか》れていた私は、ホテルの一階で営業していた小さなグリルでカレーライスを食べると、あとはさっさとシャワーを浴びて寝《ね》てしまいました。

その真夜中、私は夢を見ました。

夢の中で、私はある光景を上から俯瞰《ふかん》するような形で目撃《もくげき》していました。私の眼下には、初めて見る大きな川が流れています。そして、その川に沿ってコンクリート製の歩道が延々と続いています。

その歩道を横切る形で、一人の男性が何やら匍匐《ほふく》前進のような動きで、川から土手の方向へと這《は》い進《すす》んでいくのです。身体《からだ》全体が鉛《なまり》になってしまったような、いかにも重そうな動きで、ゆっくりと四本の手足を交互《こうご》に使って、地面に腹這いになったまま、じりじりと前進しています。

ところが、よく見ると男の背中や肩《かた》や腰《こし》に、川面《かわも》から長々と伸《の》びた大小何本もの白い手が絡《から》み付《つ》いているのです。

よく、心霊《しんれい》写真なんかで、水難事故の多発する場所で、海に飛び込もうとする人に向かって海面から沢山《たくさん》の手が伸びているような写真ってありますよね。あんな感じです。私には、それらの手が今にも男を川に引きずりこもうとしていて、彼《かれ》はそれに抗《あらが》って必死に陸側へと逃《に》げようとしているように見えました。

「逃げろ！　とにかく前に進むんだ！」

夢の中の私は、いつの間にかその男に感情移入していました。やがて歩道を渡《わた》り切《き》った男は、今度は歩道に沿って続いている土手の法面《のりめん》を必死に這い上り始めました。男の身体には、まだ白い手がしがみついています。

「頑張《がんば》れ！」

夢の中ですが、出ない声を振《ふ》り絞《しぼ》って私は応援《おうえん》を続けました。何とか法面を上り切った男は、次に土手の上の地面を、やはり匍匐前進で横切り始めました。男の前方には、民家のような漆喰《しっくい》仕立ての壁《かべ》が見えていて、胸ほどの高さの窓から黄色い明かりが漏《も》れています。

男はなおも必死な様子で這い進んでいます。多分その窓から家の中に逃げ込もうとしているのではないかと私は思いました。

「もうちょっとだぞ！　あと少しだけ頑張るんだ！」

漸《ようや》く建物の土台まで這い進んだ男が壁に手を突《つ》いて這い上り、あと数センチでその手が窓枠《まどわく》にたどり着こうとした瞬間《しゅんかん》。

耳の側《そば》で「ガチャン！」という音がして、私は一気に夢から覚めました。

気がつくと、私はホテルのベッドの上に上体を起こした恰好《かっこう》で歯をがちがち鳴らしていました。汗《あせ》でびっしょり濡《ぬ》れた背中が冷たく、思わずぶるっと身震《みぶる》いしました。

今の夢は何だったんだろう。何だか薄気味《うすきみ》の悪い夢だったが、あの男は何者で、結局どうなったんだろうか。そんなことをベッドの上で半身を起こしてぼんやりと考えていた私は、部屋の反対側の壁に目を留めました。

その壁には、一枚のありふれた絵（確かルノワールか何かのコピーでした）が掛《か》けられていたのですが、どうやら紐《ひも》が切れたようで、額縁《がくぶち》ごと床《ゆか》に落ちていました。ガラスも割れているようです。私の目を覚まさせた、あのガチャンという音は、どうもこれが落ちてガラスが割れた時の音のようでした。

そのままにしておくわけにもいかないと思い、取《と》り敢《あ》えず部屋の中のテーブルの上にでも置いておこうと思いました。ベッドを降りて、割れたガラスに気をつけながらその絵を何気なく拾い上げた時、私は妙《みょう》なものを見つけてしまいました。

額縁の裏側に、一枚のお札が貼《は》ってあったのです……。

翌朝、チェックアウトした私は、ホテルの近所を少しばかり散策してから駅に向かおうと思いました。初めての土地で、昨日チェックインした時は日も暮れていたこともあり、周囲がどんな状況《じょうきょう》かは全く分かっていませんでした。

そこで初めて気づいたのですが、このホテルは大きな川のすぐ側に建っていたのです。ホテルの裏手は、殆《ほとん》どすぐに川沿いの土手に接していて、目の前が川になっていました。それを知った私は、折角だから川岸に沿って暫く散策してみようと思いました。

一旦ホテルから二百メートルほど歩くと階段があって、土手から歩道へ降りることが出来ました。

眼前に広がる大きな川を見た時、私は妙な感覚を覚えました。何故なら、その川も、そしてそれに沿って連なるコンクリートの歩道も、土手の風景も、全てが昨日私が見た夢の中に出て来たものにそっくりだったからです。

私が泊《と》まった部屋は川の方を向いていて、当然ながらカーテンを開けると目の前に土手とその向こうに広がる大きな川が見えた筈《はず》でした。

（窓がある側はご近所との距離が、かなり近くなっておりまして。カーテンを開けてしまいますと、プライバシーの点で……）

昨日のフロント係の言葉を思い出すと、これまた奇妙《きみよう》な感じがしました。窓の前はすぐに川沿いの土手になっていて、もともと他の建物が立つ余地などないのです。あとは対岸の建物ということになりますが、川幅《かわはば》も広いから向こう岸までは相当な距離があって、とても対岸の建物の部屋の様子など見ることは出来ません。

何故、彼はあんな嘘《うそ》を吐《つ》いたのだろう……私にはわけがわかりませんでした。

物思いに耽《ふけ》りながら、川べりの歩道をホテルの方向に向かって歩いていると、地元の人と思われる一人の初老の男性が、歩道の端《はし》にしゃがみこんで何やら手を合わせています。彼の前には、小さな花束とジュースが二本、あと小さな菓子《かし》の箱のようなものが見えました。

だんだんと近づいた私がその側を通りかかると、彼も私の気配に気づいて目を上げました。何となく気になったこちらが会釈《えしゃく》をすると、男性も立ち上がって挨拶《あいさつ》をしました。

「どなたか亡《な》くなられたんでしょうか。いえ、私はこの町は初めてなもので、ここら辺の事情をよく知らないのですが」

何気なく聞いてみたところ、一瞬眉《まゆ》を顰《ひそ》めた男性は話を始めました。

「一年ほど前のことですがね、ここで一家心中があったんですよ」

「一家心中ですか？」

「ええ、父親の運転する車で川に飛び込んだんです。両親、子供二人の一家四人でね。子供なんかまだ、五歳《さい》と三歳だったんですよ……まったくねえ。通報があって、レスキューが駆けつけたけど、引き上げられた時には、もう全員駄目《だめ》でね……でも、土壇場《どたんば》でやっぱり命が惜《お》しくなったんでしょうかね。脱出《だっしゅつ》しようとして必死にあがいた跡《あと》があったそうですよ……」

一家四人が死ぬ間際の車内の情景を想像すると、私は思わずぞっとしました。

「自分でやっていた小さな商売が立ち行かなくなった挙句《あげく》の、無理心中だったたって話ですけどね。でも、どんな事情があったとしても、そんな小さな子供まで道連れにするなんてねえ……本当に酷《ひど》い話ですよ。あんまり子供さん達《たち》が不憫《ふびん》なもので、こうやって時々花とお菓子を供えてるんです」

「そうですか……」

私にも似たような年頃《としごろ》の娘《むすめ》がおります。小さい子供達が巻《ま》き添《ぞ》えにされたという話が何とも痛ましく、私も思わずその場で手を合わせました。

そこからもうほんの少しだけ歩道を歩くと、丁度私の泊まったホテルの部屋の真下に出ることが出来ます。どうせならそこまで行ってみようと思って、ゆっくり歩を進めながら、私は色々と想像をめぐらしていました。

多分、その父親は車が飛び込んだ時、妻子の悲鳴を聞いて、とてつもない後悔《こうかい》に襲《おそ》われたことでしょう。我に返った彼は家族を助けようと、開かないドアを必死に押し開けようとして……妻子を何とか救うために、今更遅《いまさらおそ》すぎる虚《むな》しいあがきをして……。

それにふと重なってきたのが、昨夜の夢の中で見た男の姿でした。重い手足を必死に動かして川から道へ、そして灯りの漏れる窓へと這い進もうとしていた姿……あれは、ひょっとしたら、未《いま》だに川底に迷い続けている家族の父親だったんじゃないだろうか……。

彼は、妻子を助けようと川から出て来て、岸壁《がんぺき》を必死に這い上がってきたんじゃないか……そして、どこか民家のある方へと向かおうとしていたんじゃないだろうか。来る当てもない助けを呼ぶために……〝子供が溺《おぼ》れています。助けてください。子供が凍《こご》えています。毛布をください。お願いです。助けてください。私達を助けてください〟……

そして、川面から彼に伸びていたあの大小の手……あれは、彼を〝引きずりこもう〟としていたのではなくて、〝引き留めよう〟としていたんじゃないか……。

〝あなた、もういいから〟、〝お父さん、もういいよ。ここにいてよ〟、〝ここで四人で暮らそうよ〟……

重苦しい情景を想像しながら、川岸の歩道を歩いていた私は、とうとうホテルの真下に到着《とうちゃく》しました。そして、ぞっとするものを見てしまったのです。

川底のヘドロを思わせるような真っ黒な手形の跡が、岸壁からコンクリートの歩道と法面を伝って点々と続いていたのです。そしてそれは、土手を横断し、まさに夢に出て来たような漆喰仕立てのホテルの壁にまで続き、私が泊まっていた部屋の窓枠《まどわく》のすぐ下、ほんの数センチのところで途切《とぎ》れていました……。

夢の中で、必死に這い進んでいたあの男……私は彼があと少しで〝ゴール〟にたどり着くというところまで、まるで自分のことのように応援していたわけです。

もし、あそこで夢から覚めず、最後まで応援を続けていたら、どうなっていたんでしょうね……。

泣いている女の子

せなね

まだ携帯《けいたい》電話が普及《ふきゅう》していなかった頃《ころ》の話である。

営業職をしているAさんは、客先から直帰する電車の中でつい居眠《いねむ》りをしてしまい、降りる駅を大幅《おおはば》に乗《の》り越《こ》してしまった。

辿《たど》り着《つ》いたのは、見知らぬ無人の終着駅。終電の時間はとうに過ぎている。

――仕方ない。タクシーを呼ぶか。

そう思い、Aさんは公衆電話にテレホンカードを差《さ》し込《こ》んだ。が、反応がない。

あれ？　と思い、今度は硬貨《こうか》を入れてみる。カランッという乾《かわ》いた音と共に、十円玉が返ってきた。どうやら故障しているらしい。

「まいったな」

仕方なく、Aさんは他の公衆電話を求めて歩くことにした。

駅から一歩外に出てみると、そこは街灯の明かりがポツポツあるだけの、寂《さび》しい田舎《いなか》の畦道《あぜみち》だった。

田んぼの向こうに、うっすらといくつかの人家が見える。しかし、どの家も明かりが消えている。電話を貸してください、とは、とても頼《たの》めそうにない。

――でもまあ、集落に辿り着ければ、公衆電話の一つくらいは見つかるだろう。今とは異なり、公衆電話がそこら中にあった時代である。面倒《めんどう》だと思いはしたものの、Aさんはそこまで悲観はしていなかった。

都会とは異なり、誰《だれ》ともすれ違《ちが》わない暗い田舎の夜道を、一人淡々《たんたん》と歩いていく。季節はもうそろそろ秋になろうとしていたが、不思議と虫の鳴き声がしなかった。この時期の田んぼにしてはやけに静かだな、と内心で首を捻《ひね》っていると――

突如《とつじょ》、Aさんの周りがオレンジ色の光に包まれた。

後ろを振《ふ》り向《む》く。そこには一台の車がおり、ハイビームでAさんの方を照らしていた。

まぶしさに目を隠《かく》しつつその車を見やると、何とそれはタクシーであった。しかも、どうやら空車のようである。

これ幸いとばかりに、Aさんは手を振ってタクシーを呼び止めた。

タクシーは滑《すべ》るようにAさんの側《そば》までやって来ると、停車し、ドアを開けた。

乗り込むと、運転手が人懐《ひとなつ》っこい笑《え》みを浮《う》かべて言った。

「こんな夜中に、お一人でどうしましたとね？」

運転手は五十絡《がら》みの小柄《こがら》な男だった。Aさんは事情を説明した。

「ああ、それは災難でしたな。よりにもよって、こんな田舎が終点の※※線で寝過《ねす》ごされるとは。ところでお客さん、どちらまで行かれますか？」

「とりあえず、※※市のホテルまでお願い出来ますか？」

運転手は、了解《りょうかい》しましたと言い、タクシーを発進させた。

「いや、それにしてもお客さんは運が良いですよ。私は今日、どうしてもやむを得ない事情があって、こんな時間に『こんな』道を走っとるんですが、普段《ふだん》は絶対、夜中にはここを通りませんからね。いや、本当に運が良い」

お客さんは運が良いですよ、と運転手は再度繰《く》り返《かえ》した。明らかに含《ふく》みのある言い方であった。興味をそそられたAさんは、ここは何かあるんですか？　と尋《たず》ねた。

すると、運転手は、

「ええ、ありますとも。大ありですよ」

と言い、大袈裟《おおげさ》に首を上下させた。

――この道はね、『でる』んですよ。

何が、と聞かなくても、Aさんには察しがついた。

「『でる』って、それは幽霊《ゆうれい》のことですか?」

「ええ、ええ。そうなんです。ここはね、夜中に『でる』って、仲間内では有名な所なんですよ」

「それは、いったいどんな――」

と、尋ねようとしたところで、急ブレーキが踏《ふ》まれた。

Aさんは盛大につんのめり、頭を運転席のシートにぶつけてしまった。

「……っ! いったいどうし――」

身体《からだ》を起こした瞬間《しゅんかん》、Aさんは『それ』を見てしまった。タクシーのハイビームが照らす先、そこに――

女の子が一人、道路脇の木の下にしゃがみ込んでいた。

その女の子は三つ編みで、真っ赤《まっか》なワンピースを着ている。歳《とし》の頃《ころ》は七つかそこらだろう。Ａさんは思わず腕時計《うでどけい》で時刻を確認《かくにん》した。もうそろそろ、夜中の一時に迫《せま》ろうとしている。そんな時刻に、こんな場所であんな小さな女の子が一人で泣いているなど只事《ただごと》ではない。何かあったのではないかと考えたＡさんは、女の子に駆《か》け寄《よ》るべくタクシーのドアに手をかけた。と、

「行ってはいけない！」

運転手の怒声《どせい》に、思わず手を引っ込めた。

「な、何を言ってるんですか？　あんな小さな女の子がこんな夜中に泣いてるんですよ！　絶対只事じゃありませんって！」

Ａさんは抗議《こうぎ》した。

しかし、運転手は青い顔で首を横に振るばかりだ。

「行ってはいけない。行っちゃダメだよ、お客さん。……アレはね、この世のものじゃないんだ」

すっと、Ａさんの顔から血の気が引く感触《かんしょく》がした。

「さっき言ったろう、『でる』って。アレだよ。アレが、そうなんだよ……」

運転手は震《ふる》える手で女の子を指差した。

怯《おび》える彼《かれ》の様子を見て、Aさんは気を取り直した。冷静に考えると、確かにこんな夜中に泣いている女の子など、事件というよりは『そっち』の可能性の方が遥《はる》かに高い。運転手の言う通り、アレはきっと、この世のものではないのだろう。たぶん、きっと。

でも——

「ああ、くわばらくわばら。良くないものを見ちゃったよぉ。まいったなぁ、まいったなぁ。だからオレは、この道は嫌《いや》なんだよぉ」

運転手がぶつくさ言いながらギアをいじっている。カコンッ、という軽い振動《しんどう》がすると、タクシーは再びゆっくりと走り始めた。

女の子らしきものの横を通り過ぎる。

その瞬間、Aさんは見てしまった。

その子が、すがるような眼差《まなざ》しで、Aさんを見ているのを。

途端《とたん》、Aさんの身体は勝手に動き出していた。躊躇《ちゅうちょ》なくタクシーのドアを開け、女の子のもとへ駆け出す。

バカなことをしている、危険なことをしている、という自覚はあった。

しかし、たとえあの子が本物のバケモノで、この先自分がつまらないホラー映画のように酷《ひど》い目に遭《あ》ったとしても——

——それでも、泣いている女の子を見捨てることは出来ない。

Aさんには、どうしても、『それ』だけはすることが出来なかった。

※

Aさんには、一つ下の妹がいた。

彼女《かのじょ》は少々気が弱く、肥満気味であった。そのせいもあってか、妹はよくイジメられていた。

妹とは対照的に活発で気の強い性格であったAさんは、そんな彼女のことをいつも守っていた。男子が数人掛《が》かりで妹を囲い込んで酷い言葉を浴びせているのを見ると、相手が何人いようが突《つ》っ込《こ》んで行った。Aさんは喧嘩《けんか》が強く、負けたことがなかった。相手を蹴散《けち》らすと、Aさんは泣きじゃくっている妹にツカツカと歩み寄り、その頭を軽く撫《な》でてやった。

「泣くな！　お前がそんなんだからいつもイジメられるんだぞ！　しっかりしろ！」

Aさんなりの愛情であり、励ましだった。

妹はひとしきり泣いた後、

「いつもごめんね、お兄ちゃん」

そう言って、謝る必要がないことを謝った。Aさんは笑って頭を撫でてやる。そして、二人で帰る。それが、Aさんと妹のルーティンであった。

Aさんは、そんな生活がずっと続くと思っていた。

時が経《た》ち、やがて二人は中学生になった。

Aさんは野球部に入り、部活漬《づ》けの日々を送っていた。

妹は中学に上がる頃にはすっかりスリムな身体になり、Aさんの同級生から羨《うらや》ましがられる程の美人になった。男子からイジメられることはなくなったが、その代わり、告白されることが増えた。そのことに多少ジェラシーのようなものを感じてはいたものの、Aさんは、もう妹のことに関しては安心しきっていた。

妹が、泣いているところを見なくなったから。

もうアイツは大丈夫《だいじょうぶ》。

Aさんは白球を追いかける日々を過ごした。レギュラーになり、全国大会に出場すること。それが、Aさんのすべてになった。

しかし——

ある日、妹は学校の屋上から飛び降りた。

理由はイジメだった。相手は同性のグループ。そのグループの中心にいる女子が想《おも》いを寄せていた男子がAさんの妹のことを好きになってしまい、それが理由で逆《さか》恨《うら》みされたらしい。

Aさんは愕然《がくぜん》とした。

——自分はちゃんと、妹のことを見ていたはずなのに。

しかし、すぐに心の中で否定の声が上がる。

――本当にそうか？

俺《おれ》は部活のことばかりで、ろくに妹のことを見ていなかったじゃないか？

――妹が、泣いていなかったから。

それだけのことで、俺は妹のことを勝手に大丈夫だと思い込んでいたんだ――


それから後のことは、よく憶《おぼ》えていない。

妹の葬儀《そうぎ》には学校中の生徒がやって来た。妹のことなど知らないであろう生徒がわんわん泣いているのを見て醒《さ》めた気持ちになったこと、加害者とその親が土下座した時に殺してやろうとして親と親族に止められたこと。それらがまるで夢の中の出来事であるかのように、Ａさんの記憶《きおく》の中に薄《うす》らぼんやりと残っている。

だが、その当時のことで一つだけ強烈《きょうれつ》に憶えていることがある。

それは、妹の遺書の中にあった、Ａさんに宛《あ》てた言葉であった。


――これ以上、お兄ちゃんに心配をかけたくなかった。

これ以上ってなんだよ、とAさんは叫《さけ》んだ。妹を心配することに、これ以上も何もあるものかよ。辛《つら》いことがあったのなら、俺に相談すれば良かったんだ。昔みたいに、そんな奴《やつ》ら俺が蹴散らしてやったのに。お前が、昔みたいに泣いて俺のことを呼んでくれていれば――

『泣くな！　お前がそんなんだからいつもイジメられるんだぞ！　しっかりしろ！』

昔、いつも妹に言っていた言葉を思い出す。その瞬間、悟《さと》った。

――全部、俺のせいだったんだ。

泣いて誰かに助けを求めるという、ごく自然な逃《に》げ道《みち》を潰《つぶ》してしまったのは、他ならぬ俺だったんだ。

俺が殺した。

妹は、俺が殺してしまったんだ。

※

それからのＡさんは抜《ぬ》け殻《がら》のように生きた。

あれ程打ち込んでいた野球は、妹が亡《な》くなった日に辞《や》めてしまった。道具はすべて捨てた。あの日以降、Ａさんは一度たりとも野球をしていない。

進路に関しても同様だった。周囲の反対を押《お》し切《き》り、決めていた進路を蹴った。そして高校には進学せず、そのまま実家を出て就職した。いくつもの仕事を転々とした結果、初めて正社員として腰《こし》を据《す》えたのが現在の営業職であった。そのことに喜びも何もなかった。自分の人生も、自分の命も心底どうでもよかった。ただ何となく生きているだけ。

――俺は、人生で絶対に間違えてはいけないところで、間違えてしまったんだ。

妹が亡くなって以降、Ａさんの人生というのは消化試合のようなものであった。

何をやっても何を見ても心が動かない。しかし――

三つ編みの女の子の泣き顔を見た瞬間、Ａさんの心は大きく動いたのだった。

「大丈夫?」

女の子の側に立つ。彼女は俯《うつむ》いたままの恰好で動かない。その肩《かた》に手を置こうとした瞬間、スッと女の子は立ち上がり、

――やっぱり、来てくれた。

そう言って、にぃっと笑った。

もう、泣いてなどいなかった。

子どもの笑みではなかった。顔の作りは幼いのに、内面の魂《たましい》は成熟している。内と外で大いなる齟齬《そご》を感じる。そんな、違和感《いわかん》を抱《いだ》かせるような笑み。

Aさんは肩に触《ふ》れようとした手を宙に浮かせたまま、固まった。

自分はまた間違えてしまったのだ、と悟った。

手がゆっくりと下がる。不思議と恐怖《きょうふ》はなかった。諦《あきら》めよりも安堵《あんど》の気持ちがゆっくりと心の中に広がっていく。自分は早く『こう』なりたかったのだと、遅《おそ》まきながら気がついた。

――これでいいじゃないか。

Aさんはほんの少しだけ笑った。

泣いている女の子を『また』見捨てるくらいなら、死んだ方がマシだ。

Aさんの目の前で、女の子はゆっくりと手を上げる。そして——

背後を指差した。

その動きにつられ、振り返る。

瞬間、Aさんは短い悲鳴を上げて仰《の》け反《ぞ》った。

タクシーのリアウィンドウ、そこに無数の顔があり、全員がAさんのことを憎々《にくにく》しげに睨《にら》みつけていたのだ。

その中には、タクシーの運転手の顔もあった。先程までの人懐っこい笑みは何処《どこ》にもなく、あるのは憎悪《ぞうお》の塊《かたまり》としか表現出来ない地獄《じごく》のような面相だった。

「あなたの妹さんが、私に教えてくれたんだよ」

その言葉に、Aさんは恐怖を忘れ、弾《はじ》かれたように振り返った。

「お兄ちゃんが『良くないもの』に連れて行かれそうになっているから、助けてあげてって。私は、その声を聞いたの」

Aさんは言葉を発することが出来なかった。その代わり、涙《なみだ》が一筋、頰《ほお》を伝った。

「これに懲《こ》りたら、もうこんな道を夜中に一人で歩いちゃダメだよ？　『怖《こわ》いもの』に遭うからね」

「キミは、一体……」

女の子はAさんの質問に答えなかった。代わりに、彼の目をひたと見据える。

そして、笑った。

「「バイバイ」」

一瞬、妹の声が重なったような気がした。

がちり、と金具が嚙《か》み合《あ》うような音がすると、次の瞬間には、何もかもが消えていた。

そこには真っ暗な田舎の畦道があるだけで、女の子の姿も、タクシーの姿もなかった。

Aさんはその場に立《た》ち尽《つ》くした。

どれくらい時間が経ったろう。ふと、彼が隣《となり》を見やると、そこには一体のお地蔵様が祀《まつ》られていた。
顔立ちが、あの女の子に似ている気がした。
Aさんはその場にくずおれると、夜が明けるまで泣いたそうだ。

川のくらげ

クナリ

太陽が真上にある。
白い大小の丸いものが、ゆらゆらと水の中を漂《ただよ》っている。
まるでくらげだ。
海の底から、くらげが泳ぐのを見上げているみたいだ。
くらげは、ただ漂うのではなく、一様に水面に向かって浮《う》かび上《あ》がっていった。
あれは、……
でもあれはくらげではない。

■

八月三十一日が夏休み最後の日だとは限らないと知ったのは、中学一年生の六月
――二ヶ月ほど前――にこの県に越《こ》してきてからだった。
「ふーん、東京の夏休みって長いのねえ」

各学年に二つずつしかクラスがない中学校で、僕《ぼく》と同級生になった湊《みなと》トモエは、つまらなそうにそう言った。

引っ越す前の僕の家は千葉県の柏《かしわ》市だったが、彼女《かのじょ》にしてみたら、千葉県北西部はほぼ東京という扱《あつか》いらしい。

日焼けした肌《はだ》や、あまり丁寧《ていねい》さの感じられないカットを施《ほどこ》されたショートボブは、彼女によく似合っていた。

トモエは、七月にはクラスで僕と最も話の合う友人になったし、八月にはほとんど毎日連れ立ってどこかへ遊びに行く程度の仲良しになっていた。


「今日は川に行こうよ」

お盆《ぼん》を迎《むか》えようという八月の半ば、来週には二学期の開始を控《ひか》えた朝に、うちに来たトモエがそう言った。

「川？　釣《つ》りとか？」

「そんなわけないでしょう」

「そりゃそうだよね。泳ぐのか。水着出すよ」

「それも違《ちが》う」

はて。

それでは沢蟹《さわがに》でも探しに行くのかしら、と思った僕に、トモエは耳打ちした。

急に女子の顔が間近に来たので慌《あわ》てたが、トモエの言葉を聞いて、そんな浮《うわ》ついた気持ちは吹き飛《ふと》んでしまった。

「私の、一つ下の弟の水死体を捜《さが》しに行くの。去年川で行方《ゆくえ》不明になって、まだ見つかってないから、どこかの川底にいるんだと思う」

■

僕とトモエは、山の中へ分け入っていた。

川はさすが山の中の上流という趣《おもむき》で、どこもかしこも急で、流れがそれなりに激しい。

「トモエ、君の弟さん、どこに沈《しず》んでいるのかってだいたい見当はついてるのか?」

「まあ、少しはね」

特に険しいところでは、ごつごつとした大きな岩の上を、ほとんど四《よ》つん這《ば》いになって進んでいく。

川沿いは道が整備されていない場所が多く、何度もスニーカーの底が石で滑《すべ》った。

「じゃあ、僕と二人でなんかじゃなく、大人を呼べばいいじゃないか。そのほうがずっと」

「だめなのよ、そんな大勢連れてきたって。一人がいいの」

「一人? 二人じゃないか」

「私と、もう一人って意味。私じゃだめだったから」

「だめだったって、君、何度も弟さんを捜しに来てるの? 危ないよ」

「仕方ないのよ。私が見つけてあげなくちゃ」

道理で、トモエはこんな道なき道を迷いもせずに進んで行けるわけだ。

やがて、正午が近くなった。

僕たちは、手ごろな岩に腰《こし》かけて、それぞれに持ち寄ったお弁当を開いた。

「トモエは、弟さんとは仲が良かったんだ?」

「すごく。どこ行くにも一緒《いっしょ》だったし、かわいくて仕方なかった。大きくなると、ちょっと生意気になってきたけど。女子に興味持ちだしたりして」

小学生の男子なら、そんなものかもしれない。

「でもさ、あまり遅《おそ》くなると危ないよ。猿《さる》とか出るんだろうし。その目当ての場所って、まだ遠いの? 明るいうちに引き返せるくらい?」

「うん。ちょうどこの辺」

「えっ、そうなのか」

「そうだよ。この、今座《すわ》ってる岩が目印なの。私が沈めたんだから間違いない」

沈めたってなにを、と訊《き》こうと思った瞬間《しゅんかん》、後頭部に衝撃《しょうげき》が走った。

「弟が、好きな子ができたなんて言うから許せなくて、ここに沈めてやったのに、私、すごく後悔《こうかい》してて。山の神様にお願いして、身代わりを連れてくればって言うから、ようやく用意できたのね」

そう言いながら、トモエは、僕の頭に何度も石を振《ふ》り下《お》ろした。

身代わり？　誰《だれ》の？

激痛で思考が働かない。

そして、動けなくなった僕を、トモエは川に落とした。

自分の頭から流れ出る血が、水の中に帯のように流れ、けれどすぐに明るい陽光の中、水の透明《とうめい》さに紛《まぎ》れて薄《うす》れていくのが見えた。

僕のすぐ右隣《みぎどなり》に、僕と同じくらいの年頃《としごろ》に見える、白骨死体があった。

もう体にはあまり力が入らなかったけど、なんとか上を見た。

太陽が真上にある。

白い大小の丸いものが、ゆらゆらと水の中を漂っている。

まるでくらげだ。

海の底から、くらげが泳ぐのを見上げているみたいだ。

川のくらげは、ただ漂うのではなく、一様に水面に向かって浮かび上がっていった。

あれは、そうか、気泡《きほう》だ。僕の口と鼻から出た空気の泡《あわ》だ。僕の命綱《いのちづな》。それが惜《お》しげもなく空《むな》しく僕を置いて遠ざかっていく。

やがて、くらげは消えた。

目の前をただ水だけが流れていく。

真昼間《まっぴるま》のはずなのに、視界がだんだん暗くなっていった。


あれ、と思った。

僕の左隣で、なにかが起き上がった。

それは、僕だった。

僕の隣で、僕が起き上がり、水面へと上がっていく。

おかしい。さっき、僕の右隣に白骨死体があったけど、左にはなにもなかったのに。

けれど、今は、僕の左には僕がいて、右にはなにもなかった。

いや、僕が白骨死体になっていた。

僕は、白骨死体と入《い》れ替《か》わったのだ。

白骨死体の中にいたのは誰だ？　そいつが僕の体に入って、今、死の蓋《ふた》である水を出て、生きるために空気の中に戻《もど》ろうとしている。

水面の向こう、岩の上に、トモエの顔が見えた。

揺《ゆ》れる水越《みずご》しだからグニャグニャだったけど、トモエは僕ではない誰かが中に入っている僕を抱《だ》きしめて、号泣《ごうきゅう》しながら笑っているのが分かった。

そうか、僕はこのために連れて来られたのか。あの白骨死体の身代わりになるために。

きっと一年前からずっとこの日が来るのを待ち望んでいたトモエの前に、弟の身代わりを務められそうな僕は、こつぜんと現れてしまったのだ。

トモエと「僕」が、岩を下りて去っていく。

彼《かれ》らがここに来ることは、きっともうないのだろう。

今後、ここまで僕を捜しに来る人はいるだろうか。父さんと母さんにも、今日ここに来ることは伝えていない。


くらげの消えた無色の水を、眼球のない目で見つめて、僕は、これから果てしなく長く続いていくのだろう茫洋《ぼうよう》の時を思いながら、真上からゆっくりと傾《かたむ》いていく太陽を感じていた。

僕はこの水の棺桶《かんおけ》の中で、今日の終わりを、八月の終わりを、やがて夏の終わりを、一人で迎《むか》えるのだろう。


これから何度？

いったいいつまで？

問いかけは、あのくらげたちのように、振り向きもせずにただ水に揺られて消えていった。

カラザ

喰ウ寝ル

卵を取り、机の角で何度か軽く叩《たた》いてみる。ヒビが入った隙間《すきま》に親指を入れて左右にゆっくりと開いていく。殻《から》はうまく割れて、中からドロッとした白身と黄身が現れた。

それを器《うつわ》に落としたあと、私は箸《はし》で白い紐《ひも》のようなものを取り除こうとする。

「なにしてるの?」

ママは私の行動を見て、少し不満そうな声を出した。

「だって、これ気持ち悪いんだもん」

「それはね、カラザって言って凄《すご》く栄養のある部分なのよ。それも食べなきゃ」

「えー、嫌《いや》。気持ち悪いもん」

私はママの言うことに逆らうようにうまく箸を使った。先端《せんたん》でそのカラザってやつを摘《つま》んで、殻が入った器に捨てる。

「もう、すぐ好《す》き嫌《きら》いするんだから」

「まあまあ。英美里《えみり》だって嫌いなものぐらいあるさ。気持ち悪いと思うものを無理に食べなくてもな」

パパは優《やさ》しい。いつも私の味方をしてくれる。

「ほんとに、あなたはいつも英美里の味方なんだから」

「えへへへ」

私が笑うと、パパも満面の笑《え》みを浮《う》かべた。

ママは鼻息を荒《あら》くしながら卵を溶《と》いていく。カッカカッと黄身と白身が混ざっていくのがわかる。その中には私の嫌いなカラザも含《ふく》まれているようだ。ママは溶いた卵を白いご飯の上に落としたあと、少量の醬油《しょうゆ》を垂らす。ねぎも少し入れて、最後にごま油を追加した。それを美味《おい》しそうに口に運ぶ姿は、幸福そのものだった。

私もそれを真似《まね》てみる。卵が口の中に広がり、醬油の風味が舌に伝わってくる。卵かけご飯最高。それは私たち家族の毎朝のルーティンだ。朝は必ず卵かけご飯を食べる、それが日課だった。

ご飯を食べ終えたあとは、学校へ行く準備をする。今日はＫ－ＰＯＰ風の服装にしたいと昨日から考えていた。トップスはグリーンの少しオーバーサイズのスウェット、ボトムスはグレーのチェック柄《がら》のプリーツスカート。ヘアアレンジはお団子かな。

鏡を見て笑顔《えがお》の練習。大丈夫《だいじょうぶ》、今日も私はカワイイ。水色のランドセルを背負って家を出る。

「行ってきまーす」

「行ってらっしゃい！　気をつけてね」

ママに手を振《ふ》って私は玄関《げんかん》のドアを開けた。通学路を少し歩いたところで、友だちのミッちゃんが待っていてくれた。

「おはよう」

「おはよう。英美里ちゃん、今日もカワイイ。なんか大人っぽいし」

「そうかなぁ？　今日はさ、K－POPを意識したんだよね」

「へー、K－POPかー。似合ってる」

「へへっ、ありがとう。ミッちゃんもカワイイじゃん」

「そう？　ありがとう」

適当に褒《ほ》めてあげる。具体的にどこがカワイイのかわからないけど、人間褒められて嫌な気はしないのだ。ミッちゃんは私が一番仲よくしている子だから、大切に扱《あつか》いたいと思ってる。

視線の先には制服を着た女子中学生たちがいた。楽しそうに友だちと一緒《いっしょ》に笑っている。

「来年は中学生かー。なんか、時間経《た》つの早いねー」

私がそう言うと、「わかるー」とミッちゃんは同意してくれた。

「なんかさ、ちょっと前まで小三だった気がするんだけど、いつの間にか小四になって、この前なんて小五だよ？　早っ、て思った」

彼女《かのじょ》は当たり前のことを言う。そりゃそうでしょ。一年ずつ年を重ねていくもんじゃん。なに言ってんのこの子、と思ったがそんなことは口には出さない。それが信頼《しんらい》関係ってやつなんだと思う。

学校へ着くと、友だちが私の机を囲む。カワイイ、英美里ちゃん今日も超《ちょう》カワイイ、などと言われて照れながら笑顔を作る。日頃《ひごろ》から言われていることだけど、カワイイと言われると当然嬉《うれ》しい。だから自然と愛想もよくなる。

クラスで一番のイケメンである瑛士《えいじ》くんもチラチラとこちらを見ていることに気がつく。私は更《さら》にニヤニヤが止まらなくなる。

あー、人生って楽しい。皆《みんな》からチヤホヤされて、カワイイカワイイと褒められて、なんて楽しいんだろう。私は一番でいたい。誰《だれ》よりも可愛くいたい。

そう思っていたのに、私の立場はある女によって一変した。


「今日は、転校生を紹介《しょうかい》します。唐沢愛《からさわあい》さんです。じゃあ、軽く自己紹介して」

教壇《きょうだん》に立つ先生に促《うなが》されて、その転校生は自信ありげに真《ま》っ直《す》ぐと立つ。スラッとした体形で足が長く、顔も小さい。

「東京から来ました、唐沢愛です。よろしくお願いします」

頭を下げると長い髪《かみ》の毛《け》がサラリと滑《すべ》る。拍手《はくしゅ》とともに、彼女は一番後ろの席へと着いた。

当然のように休み時間は彼女の話で持ちきりだ。皆は興味津々《しんしん》で、唐沢愛の周りを取り囲む。

「東京から来たの？　すごーい。髪の毛サラサラだねー」

「唐沢さんて、モデルとかやってたの？　なんかおしゃれ」

「東京の女の子って、みんなこんなにカワイイの？」

質問攻めに遭《あ》う彼女は、上品に手を口元に当てながら笑顔を作る。しかも、彼女は気軽に瑛士くんとも楽しそうに会話をしていた。その様《さま》がムカついた。

「なにあの子」

いつもなら話題の中心は私のはずだ。私を取り囲んで、私を取り合って。

「ね。転校生だからってさ」

ミッちゃんだけが私のところへ来てくれた。この子だけが自分の味方だ。

「全然カワイくないよあんな子。英美里ちゃんの方が断然カワイイって」

「うん」

ミッちゃんの言葉が耳に入って来ないほど、私はイライラしていた。なんなの。転校生だからって、調子に乗って。

それから数日間は様子を見ていた。唐沢愛の行動を観察するように。相変わらず彼女の周りには人が集まり、人気は絶えない。

「愛ちゃん、愛ちゃん」といつの間にか下の名前で呼ばれて。

私は耐《た》えていた。必ず機会が巡《めぐ》ってくるはず、そう思って。隙を見せたときに、ライオンのように襲《おそ》いかかってやるんだから。私はそのことだけを考えて日々を過ごしていた。

「唐沢さん、なにこれ?」

それはお昼休みにあったことだった。男子は外で遊んでいる中、唐沢愛の周りを囲む女子グループが会話をしているのを耳にする。

「あー、これはね、田舎《いなか》のおばあちゃんが作ってくれた巾着袋《きんちゃくぶくろ》。わたしの大事なものが入ってるの」

「へぇーそうなんだー」

私はそれを見て、席を立った。あとからミッちゃんもついてくる。

「なにそれ、なんかババくさいね」

「あ、英美里ちゃん」

唐沢愛を取り囲む女子たちが皆こちらを向く。

「ババくさいかな？　確かに茶色でカワイくはないけど」

彼女がそう答えたところを私は見逃《みのが》さない。

「全然カワイくはないよね。私もパパにデパートで買ってもらったポーチ持ってるけど、もっとオシャレなものだし、カワイイよ」

「へー、そうなんだ。こっちでもオシャレなものとか売ってるんだね」

「え、なにそれ、今バカにした？　田舎者だとかさ、そんな感じに思った？」

私の言葉を聞いてミッちゃんが同調する。

「バカにしてたよね今。なんか東京から来たから都会です、偉《えら》いでしょ、みたいな」

「えー、最低。マジ最悪なんだけど。超傷ついた」

「ご、ごめん、そんなつもりはなかったんだけど」

「いいの皆？　田舎者だってバカにされたんだよ？　自分もこっちで暮らしていくっていうのにさ」

「ほんと最低だよね。わたしも傷ついたかもー」

「ほら、ミッちゃんも悲しんでる」

「ごめんなさい、そんなつもりはなかったの」

「謝るんならさ、ちゃんと謝ってよ」

「ちゃんと？　ちゃんとって、どういう」

「謝るときは、相手に頭を下げて謝るのが正しい方法でしょ？　そんなことも知らないの？」

唐沢愛の周りにいる女子たちは誰もなにも言わない。私たちのやり取りをただ聞いているだけだった。

「謝ってよ」

「え、えっと、ごめんなさい」

彼女は椅子《いす》に座《すわ》りながら頭を下げた。

「もっと。机におでこが着くぐらい」

途中《とちゅう》で頭を止めた彼女は、更に顔を下げて謝る。私はそれを見て、手を差し出した。

「いいよ。許してあげる」

彼女が下げている頭を優しく撫《な》でてあげた。

「はい、皆も」

私の言葉に従うように、ミッちゃんとそれ以外の子たちも次々と頭を撫でていく。

その間、唐沢愛はずっと頭を下げ続けていた。それが妙《みょう》に可笑《おか》しくて。

「唐沢さん。これから、仲よくしようね」

「……う、うん」

それはなにか、契約《けいやく》を交わしたようなものに思えた。私とあなたは対等ではなく、私の方が立場が上なのよ、そう教《おし》え込《こ》んだような。

その日の帰り、私たちは一緒に帰ることになった。私とミッちゃん、それに仲のいい友だち二人と唐沢愛。彼女は帰る方向が違《ちが》ったみたいだけど、そんなの関係がなかった。私が仲よくしてあげているのだから、私に従うのは当然だ。

下校途中にある公園に寄って、ベンチに座りながらおしゃべりをする。二人掛《が》けのベンチが二つあるから、私とミッちゃん、それに友だち二人がベンチへ座る。唐沢愛は立ったまま。

「唐沢さん、立ってるのしんどいでしょ？　座っていいよ」

「え、うん、ありがとう」

そう言って地面にしゃがみ込む彼女。

「いやそうじゃないって。正座でしょ？　当たり前じゃん」

え？　と、戸《と》惑《まど》いながら彼女は地面に膝《ひざ》を着けて座る。ズボンには砂が付いているはず。それを見て自然と笑みが溢《あふ》れる。

「私思ったんだけどね、唐沢さんになにかあだ名付けてあげようかなって」

「あだ名？　でも、みんなからは『愛ちゃん』って」

「いやいや、そんなのダメだよ。私が決めてあげる」

「よかったじゃん！　英美里ちゃんに付けてもらったら絶対いいよ」

「……じゃあ、お願い」

「ふふふ。じゃあどうしようかなぁ。あ、私ね、毎朝卵かけご飯を食べるんだけど、カラザって知ってる？　卵に入ってる黄身と白身の中にある白い糸みたいなやつ」

「カラザ？」

「私、それ気持ち悪いから毎回取ってるんだけど、でもママは『カラザは栄養満点なのよ』とか言うのよ。だけどやっぱり気持ち悪いし。それでさ、唐沢さんとカラザってなんか響《ひび》きが似てるでしょ？　だからカラザってどう？　カワイくない？」

「カワイイ！　いいじゃん！　カラザ」

ミッちゃんは満面の笑みで同意している。

「……え、でも」

「なに？　嫌なの？」

「そういう、わけじゃ」

「皆もいいって思うでしょ？」

私がそう尋《たず》ねると、二人も顔を引きつらせながら頷《うなず》いた。

「ほら。じゃあ決定ね。カラザちゃん、これからよろしくね。大丈夫、卵のカラザみたいに私たちは捨てたりしないから。あははは」


気分がよかった。日に日に元気がなくなっていく唐沢愛の姿を見るのが本当に楽しくて。毎日のように彼女のもとへ行き、いじめてあげている。転校してきたばかりの頃はあんなにチヤホヤされていたのに、今は人が寄りつかなくなっていた。

私たちは彼女がなにかミスをする度《たび》に怒《おこ》り、頭を下げさせた。これは教育なんだ、躾《しつけ》なんだ、そう思いながら。初めの頃は少し躊躇《ちゅうちょ》していた周りの友人たちも、今では私にならって彼女を躾けている。仲間意識みたいなものを感じて愉快《ゆかい》な気持ちになった。

「ねぇカラザ」

放課後、いつものように公園へ寄り道をする。幸いなことに公園には人がほとんどいなくて、犬を連れたおじいちゃんが散歩をしていたぐらいだった。

私たちは当たり前のようにベンチに座り、そして唐沢愛だけは地面に正座をさせた。

「今日さ、瑛士くんと話してたよね？　なんで？」

「……え、あの、聞かれたから」

「なにを？」

ミッちゃんは語気を強めて言う。その気迫《きはく》に圧倒《あっとう》されたのか、唐沢愛は口ごもりながら答えた。

「……好きなアニメのこととか」

「は？　なにそれ。あんたさ、自分がカラザだってこと忘れてない？　カラザが人間の男の子と普通《ふつう》に話していいと思ってんの？」

ミッちゃんは私が考えていることをそのまま口にする。

「……え、あの」

「謝って。早く謝って」

「ご、ごめんなさい」

「頭《あたま》が高い。いつもやってるんだからわかるでしょ？　バカなの？」

地面に正座をしている唐沢愛は、両手を突《つ》いて顔を下ろす。

「おでこもちゃんと着けて」

唐沢愛は土下座をしている。そんなことをするほどの内容でもないのに。私は彼女の姿が可笑しくて、笑いを堪《こら》えるのに必死だった。

「いいよ、許してあげる。そのままね」

私は右手で地面から砂を摑《つか》み、それを皆の手のひらに渡《わた》した。砂が付いた手のひらを唐沢愛の頭に乗せて、ゴシゴシと撫でてやる。ペットを可愛《かわい》がるみたいに。

「じゃあ皆も」

クスクスと笑いながら他の子たちも私に続いた。

「いいよ顔上げて」

唐沢愛の頭には白い砂が付いていて、小さな黒い石なんかも交ざっているに違いない。ボサボサの髪の毛を直させることなく、私たちは笑い合った。

楽しい。愉快。爽快《そうかい》。目障《めざわ》りな人間は皆こうしてやるんだから。

「じゃあそろそろ帰ろうか」

私が言うと皆も立ち上がってランドセルを背負い始める。そのとき、唐沢愛が持つランドセルに付いていた手のひらに収まるぐらいの大きさの巾着袋が目に入った。

「それ、気になってたんだけどさ、中なにが入ってるの？　そのババくさい巾着袋」

彼女は自分のランドセルに付いた巾着袋を触《さわ》りながら、「これは」と口ごもる。

「ちょっと見せてよ」

「え、でも、これはおばあちゃんからもらった大切なもので、中には大事なものが入ってて」

「いいじゃん、ちょっと見るぐらい。早く」

「……でも」

「いいから見せてって言ってんでしょ！」

ミッちゃんが勢いよくその巾着袋を引っ張って引きちぎった。

「あ、取れちゃった。まあいいっか」

「待って！　返して！　それ大事なやつだから、お願い、返して！」

「うるさいなぁ、ちょっと見るだけなんだからいいでしょ」

ミッちゃんは私にそれを渡してくる。他の子は唐沢愛を取《と》り押《お》さえていた。いい連携《れんけい》だ。

私はその茶色い巾着袋を両手で開けてみる。その間も唐沢愛はずっとわーわーと騒《さわ》いでいた。

出てきたのは白い物体。手のひらに収まるぐらいの小さな人形だった。白い糸で体全体をぐるぐるにされていて、顔もなにもない。

ただ、その白い体の裏側には黒いペンで様々な漢字が書かれていた。

「なにこれ、りん、ね、てんしょう？　いんがおうほう、むげんじごく？　え、なにこれ」

さっきまであんなにうるさく騒いでいたはずなのに、唐沢愛は急に大人しくなっている。ボサボサの髪の毛のまま、前髪で目元が隠《かく》されていた。

もう一度人形に目をやる。顔の部分には見覚えのある三文字。

「英美里?」

背筋が凍《こお》り、全身に鳥肌《とりはだ》が立つのがわかる。

「……なんで私の名前が書かれてるの? ねえ、なにこれ? 気持ち悪いんだけど」

唐沢愛はなにも言わず、口角を少し上げて不気味にニヤッと笑った。

そばで人形の姿を見ていたミッちゃんも顔をしかめている。

「……ねえ、な、なんで英美里ちゃんの名前が書いてあるのよ? これ、なんなの?」

相変わらず唐沢愛はなにも答えず、ただただ笑い続けているだけ。

怖《こわ》くなった私は、思わず持っていた巾着袋とその人形を放り投げた。寒気が止まらなくて一刻も早くこの場から逃《に》げたくなった。

「……超キモい。皆、行こ」

私たちは公園から離《はな》れていく。でも、唐沢愛だけはその場に残り続けていて、動くことすらない。落ちた人形を拾うこともせず。


家に帰ってからもあの人形と唐沢愛の不気味な笑みが頭の中に居座っていて消えることがなかった。食欲もなく、お風呂《ふろ》に入ってすぐにベッドの中で丸まった。

早く眠《ねむ》って、すべてを忘れてしまいたい。

もう唐沢愛と関わるのはやめよう。私の中でそんな思いが巡《めぐ》る。あの子はヤバい。

普通じゃない。

私は小刻みに震《ふる》えながら眠りに就《つ》くことしか出来なかった。

◇

目が覚めたとき、部屋の中はまだ暗闇《くらやみ》が広がっていて、夜は明けていないのだと思った。あれから何時間が経過しているのだろう。時計を探すのだが、暗闇でなにも見えない。ただ、寝《ね》ぼけまなこの中、違和感《いわかん》に気づく。

布団《ふとん》がやけに柔《やわ》らかい。まるで水に浮かんでいるような。

「ねぇそういえば、あなたのクラスの子、事故で亡《な》くなったんですって？」

部屋の外から女性の声が聞こえる。

「ああ、そうだね」

「仲よかった子なの？」

「ううん、そんなに。お母さん、お醤油取って」

「はい、それでその女の子、英美里ちゃんだっけ？　かわいそうに」

私？　私死んだの？　え、どういうこと？　そんなことを考えていたとき、女性と会話している子どもの声が唐沢愛に似ていることに気がつく。

「そうそう。もういいじゃん英美里ちゃんの話は」

二人の会話が終わった直後、私がいる部屋が唐突《とうとつ》に動いていくのがわかった。遊園地のアトラクションみたいに体が宙に浮かぶ感覚。なに？　なにが起こっているの？

そのあとコンコン、という衝撃音《しょうげきおん》とともに光が差《さ》し込《こ》んでくる。まるで殻が割れたような。

次の瞬間《しゅんかん》、私の体は熱いものの上に乗せられたのだ。

「お母さん、ダメじゃん」

「え、ダメ？　だって、これ気持ち悪いんだもん。いつも捨ててるのよ」

「それはね、カラザって言って凄く栄養のあるものなんだから。ちゃんと食べないと」

「愛はしっかりしてるわね」

「大切に食べないと。ねー、カラザちゃん」

そう言って唐沢愛は巨大《きょだい》な箸の先端で私の頭を撫でていく。

「なにそれ。会話してるみたいな」

「ふふふ」

唐沢愛は私を見下ろしている。立場は逆転していた。そして彼女は、緑色の筒《つつ》のようなものを取り出して蓋《ふた》を開けた。

「なにかけてるのそれ？」

「粉チーズ。それと黒胡椒《くろこしょう》。美味しいんだよ。お母さんもやってみたら？」

「へー。じゃあちょっとやってみようかしら」

唐沢愛は私の頭の上に白い粉と黒い粒《つぶ》をかけていく。

『ごめんなさい。ごめんなさい。許して、お願いだから、許してください。もうあんなことしないから、許して』

私の言葉はまるで聞き入れてもらえず、彼女は箸で黄身を潰《つぶ》した。そのまま何度も何度も私の体を貫《つらぬ》いていく。

感じたことのない痛みが全身に渡り、意識が朦朧《もうろう》とする中で、私は彼女の言葉を聞いて最後に絶望した。

「あー美味しい。卵かけご飯最高！　明日も食ーべよっと」

猿《えん》獣《じゅう》

屋根上花火

「先生、うちに霊《れい》がいるんですよ。ご覧いただけたらわかると思いますが、ほら、風呂場《ふろば》の隅《すみ》の方に顔のようなものがございません？　後ろから視線を感じるし、これはぜひ先生に見ていただこうと思いまして」

母が心底不気味だと言わんばかりに、狭《せま》い洗面所から風呂場の隅を指差している。

「どれどれ」

失礼、と一言断って、三十代くらいの男が俺《おれ》の前を横切る。新撰組《しんせんぐみ》のような青い羽織をまとった、いかにも怪《あや》しい男だ。霊媒師《れいばいし》か祓《はら》い屋《や》か知らないが、随分《ずいぶん》と胡散臭《うさんくさ》い。

「どう見たってカビだろ」

「えぇ？　でも何度掃除《そうじ》したって同じようなシミになるし」

「ってか先生ってなんだよ、胡散くさ」

「こら、大雨《たいう》」

息子《むすこ》の俺の言葉は信用ならないらしい。

抜《ぬ》けたところのある母が、このまま高額請求《せいきゅう》されないか心配だ。

「はあ、なるほど」

男は二、三度うなずいて、

「大西《おおにし》さん、息子さんのおっしゃる通り、ただのカビです」

「えぇ、本当ですか」

「人の脳は三つの点があると、人の顔に見えるようになっているんですよ。シミュラクラ現象と言うらしいです。私もたまにシミを見てぞっとすることもありますよ」

「あら、先生も？　あぁ、よかった。何だかこの間まで近所にいた怖《こわ》いお爺《じい》さんと似ている気がして」

母は先生とやらの言葉でようやく安心したらしい。

「先生、すみません、お代の方は」

「何もしていませんので、結構ですよ」

「そんな、ここまでご足労いただきましたのに」

「職業柄《しょくぎょうがら》こういうこともありますから、気になさらないでください」

足代も請求しないのは意外だった。

見直してやってもいい。

「せめて、お茶でも飲んでいきませんか？」

「では、お言葉に甘《あま》えて」


母が台所で煎茶《せんちゃ》と茶請《ちゃう》けを用意している間、リビングではテーブルを挟《はさ》んで俺と霊媒師の男が向かい合って座《すわ》っていた。

手入れされた清潔な髪《かみ》に、貫禄《かんろく》のある紺《こん》の着物姿。

肩書《かたが》き以外は良識的であり、身だしなみもしっかりした男だ。

すると、男と目が合った。

何となく無言でいるのが気まずくなって、

「霊媒師って意外と普通《ふつう》の人なんですね。もっと大袈裟《おおげさ》な感じかと思いました」

「身近な職業ではありませんからね、そう思われても仕方がありませんが、案外普通ですよ。この仕事に興味がありますか？」

「そうっすね。今回みたいに一銭にもならない依頼《いらい》もあるわけじゃないですか。受けても意味ない依頼とか多いんじゃないっすか」

「何ひとつ、無駄《むだ》ではありませんよ。不快に思われるかもしれませんが、依頼を受ける前に、依頼人の身辺調査を行っておりまして」

男が上目遣《うわめづか》い気味に俺を見る。

「大西《おおにし》さんの旦那《だんな》さんと息子さん、どちらも五年前に登山中に遭難《そうなん》し、そのまま消息不明となっていますね。地元住民曰《いわ》く神隠《かみかく》しにあったのだと。あなたは息子さんの大雨さんによく似ている。というより、よく似せている」

ざわりと肌《はだ》の表面が蠢《うごめ》く。

テーブルを引《ひ》っ掻《か》く自分の爪《つめ》が、獣《けもの》のように鋭《するど》い鉤爪《かぎづめ》に変化していることに気づかぬふりをした。

「それで？」

すぐ隣《となり》の台所で、湯が沸《わ》く音がする。

ご飯が炊《た》けたと知らせる炊飯器《すいはんき》、グラス同士が微《かす》かにぶつかる音も鮮明《せんめい》に。

男は両手を組み直して、

「この地域に面白い話がありますね。なんでも、とある石の前で恨《うら》み言《ごと》を呟《つぶや》くと、気まぐれに願いを叶《かな》えてくれるあやかしがいるとか。顔は猿《さる》、首から下は狼《おおかみ》という恐《おそ》ろしい姿のあやかしです。しかし……人を呪《のろ》わば穴二つ。そのあやかしは、恨み言を呟いた人間にも気まぐれに取《と》り憑《つ》いて食ってしまう」

俺は視線を落として、自分の両手を見た。

一回り太くなった指は黒い毛で覆《おお》われ、鋭い爪はテーブルの表面を抉《えぐ》っていた。

今、全力で手を振《ふ》れば、この男の首は呆気《あっけ》なく床《ゆか》に転げ落ちるのだろう。

けれど、この男が何の勝算もなしに、俺に接触《せっしょく》したとは考え難い。

胡散臭いなんてものじゃない。こいつは紛《まぎ》れもなく本物だ。

「俺を祓いに来たか」

「そうですねぇ……彼女《かのじょ》はどんな恨み言を?」

俺は質問を鼻で笑って、背もたれに深く寄りかかった。

こいつ、何もわかっちゃいない。杜撰《ずさん》な身辺調査だ。

「恨み言なんか一度も口にしたことはない」

「ほう」

「あいつは幼い頃《ころ》から、あのぼろぼろに朽《く》ち果《は》てそうな恨み石を、神様の宿る石だと友人に騙《だま》されて拝《おが》みに来ていた」

何も知らない少女は恨み石にお供え物をして、律儀《りちぎ》に手を合わせていた。石に取り憑いているのが、俺のような醜《みにく》いあやかしとも気づかずに。

いつか飽《あ》きるだろうと放っておいたが、毎日のように拝みに来るようになった。教えた友人ですら石の存在を忘れていただろうに、彼女は一日も欠かすことなく手を合わせに来た。

「結婚《けっこん》を機に東京へ向かうから、しばらくは手を合わせられないと謝罪していた。もう顔を合わせることもないと思っていたが……ある日、また手を合わせに来た」

いつの間にか髪に白いものが増えた彼女は、月日が経《た》ったにしては随分と老け込《ふこ》んだように見えた。

青白い顔は死人のようだった。

彼女は骨と皮になった両手を合わせて、「雨門《うもん》さんと大雨が迷わず帰って来られますように」と微笑《ほほえ》んだ。

それが行方《ゆくえ》不明になった旦那と息子であることは、毎日拝みに来るたびにこぼれる独り言《ひとごと》で理解できた。

「抜《ぬ》けた女だとは思っていたが、ここまでくると滑稽《こっけい》だ。どんなに願おうが、俺はあの石を棲家《すみか》にしているただのあやかし。人間に取り憑いて気ままに生きるあやかしだ」

「それで、気まぐれに彼女に取り憑いたと」

「あの女、いつまで俺に騙されてくれるか見物《みもの》だろう」

俺は今後訪れるであろう悦楽《えつらく》に笑いが漏《も》れた。

男は納得《なっとく》したようにうなずいて、椅子《いす》から立ち上がった。

「おい、どこへ行く」

「次の依頼がありましてね、これで失礼させていただきます。申し訳ありませんが、大西さんにはあなたからお伝えください。それでは」

あまりにも呆気なく立ち去ろうとするので、身構えていた俺は拍子抜《ひょうしぬ》けしてしまった。

我に返り、慌《あわ》てて玄関《げんかん》に向かう背中を追った。

男は靴《くつ》を履《は》き終《お》えて、ドアノブに手を伸《の》ばしていた。

「待て、本当に帰るつもりなのか。俺を祓いに来たんだろ」

「こちらが受けた依頼は、風呂場の幽霊《ゆうれい》のみですから」

「俺があの女を呪い殺すのを放っておくのか」

「大西さんを害する存在は、それとなく退《しりぞ》けるあなたが？　ご近所の怖いお爺さんがうちにも相談に来ましたよ。夜な夜な獣が枕元《まくらもと》に立つってね」

俺はばつが悪くなって、視線を逸《そ》らした。

男は扉《とびら》を開けると、視線だけで振り返って、そこで初めて口元を綻《ほころ》ばせた。

「あぁ、それと、ひとつだけ。あまり母親を舐《な》めない方がいい」

どういう意味だ、と問いかける前に、男はさっさと出て行ってしまった。

静かに扉が閉まると同時に、母がリビングから顔を覗《のぞ》かせた。

「大雨、先生はどうしたの?」

「……次の依頼があるから、帰った」

「やだ! ただでさえお忙《いそが》しい方だったのに、お茶の支度《したく》が遅《おそ》くなったばかりに、失礼なことをしちゃったわ」

「気にしなくてもいいだろ、別に」

鍵《かぎ》を閉めてリビングに戻《もど》ると、テーブルには急須《きゅうす》と三人分の湯呑《ゆのみ》が置いてあった。添《そ》えてあった饅頭《まんじゅう》を持ち上げる俺の手は、見慣れた人間のもので内心安堵《あんど》する。

「でも、不安なことがひとつ減って安心したわ。ちょっと気分転換《てんかん》に買い出しに行かない?」

「いいけど。出掛《でか》けるなら上着とってくる」

「大雨、ありがとうね」

唐突《とうとつ》な感謝の言葉に、二階に上がろうとした俺の足が止まった。

「んだよ、いきなり」

驚《おどろ》きで鼓動《こどう》が早くなる。それを気取《けど》られないように、ぶっきらぼうに返した。

母は寒さを紛《まぎ》らわせるように両手を擦《こす》り合《あ》わせている。それがまるで、手を合わせているようにも見えた。

「ほら、お母さんひとりだと不安じゃない。きょう大雨がついていてくれてよかったって思ってね」

「……あっそ」

いつも通りを装《よそお》って階段を上り、部屋に飛び込む。

俺は扉に背中を預けて、ずるずるとその場に座り込んだ。

顔が沸騰《ふっとう》したように熱い。

「ばかみてぇ」

騙している、と思っていたが、そうでもなかったのかもしれない。

もう、あんな寂《さび》れた石の、偽《いつわ》りの神には戻れそうになかった。

幻《まぼろし》の信号灯

阿坂春

「それにしても、ねえ。ネタを集めるためにわざわざ東京からこんな片田舎《かたいなか》まで。怪談師《かいだんし》ってのもなかなか大変なんですねえ」

食堂に他の客がいないのをいいことに、民宿の主人は男の前に腰《こし》をおろした。すすめられるままに茶をすすりながら、男はやや気まずげに視線をおとす。

「私はプロの怪談師ではなく……アマチュアですから。仕事は別にありますし、怪談集めは趣味《しゅみ》も兼《か》ねてるといいますか」

「ご家族は東京に？」

「いいえ。妻にはずいぶん前に先立たれまして。子供もおりませんで、再婚《さいこん》なども考えられず……この歳《とし》まで独《ひと》り身《み》です」

「おやそうでしたか。ご兄弟なんかも？」

「兄家族がおりますが、広島住まいで滅多《めった》に会うことはありません」

「それはそれで遠出するのも気が楽ですね。ああ、お聞きになりたかったのは、幻《まぼろし》の信号灯についてでしたね」

男は頷《うなず》いた。

ネットで情報を集めて、この民宿付近の信号機にまつわる怪談を知ったのだ。詳《くわ》しく聞かせてもらうため、わざわざ車を飛ばしてやってきた。

「場所はそこ、そば屋の通りの交差点です。信号機に赤、青、黄……この三色以外の色があらわれる時間帯があるそうで。ちょうどこんな寒い季節、地平線が白みはじめる明け方です。信号機にあり得ない色が点灯したら、何があっても直進してはならないといいます」

「直進するとどうなるのですか」

メモを書く手を止める。

「死後の世界に連れ去られるとも、異界に攫《さら》われるともいいます。もっとも攫われるのは人だけであって、車自体は置き去りにされるんだとか」

「空っぽの車だけが残される、と。しかし直進しなければいいと分かっていれば簡単ですね」

「そう思われるでしょうけど、走らざるを得ない状況《じょうきょう》になるのだそうで」

「はあ。どういうことでしょう」

「そのドライバーが、最もおそれるものが追いかけてくるらしいです」

自分が最もおそれるものとは何だろう、と男は考える。

死ぬのは正直、あまり怖くない。妻も子もいないし、財産だって微々《びび》たるもの。

自分には失うものが多くなかった。


昔から怖い話が好きで、怪談を集めることを楽しみにしていて、幽霊《ゆうれい》や呪《のろ》いの類《たぐい》もさほどおそろしいとは思わない。そのほとんどが眉唾物《まゆつばもの》だと知っているからだ。

それなら、自分は何に追い立てられるというのだろうか。

試してみたくなった。

いつもなら怪談イベントで配信するネタを、自身で体験してみようとは思わない。

しかし「幻の信号灯」に関しては、試すのに労力を使うわけではなく、法に触《ふ》れるわけでもない。

朝、車でとある交差点を通過するだけなのだ。

お手軽だし、何より現場の空気感を知れば怪談話にリアリティが出る。

翌日の早朝、民宿に駐《と》めていた車をまわした。

朝靄《あさもや》がうっすら視界を閉ざしていたが、運転できないほどじゃない。

亡《な》くなった妻のかわりに、八年連《つ》れ添《そ》った愛車だ。どうせ自分ひとりしか乗らないからと、銀色のコンパクトカーを購入《こうにゅう》した。今では妙《みょう》に愛着が湧《わ》いて手放せずにいる。

いきなり件《くだん》の交差点へ直行する気にはなれず、宿の周りを適当に周回してから、そば屋の通りへやってきた。

交差点前、信号機を見上げると赤色だった。

特に不審《ふしん》な点はない。ごく普通《ふつう》の横型の信号機に見える。

白線の前に車を停止させ、色が変わるのを待つ。

一秒一秒が妙に長い。

フロントガラスを睨《にら》みつけていると、バックミラーに白のセダンがうつった。

こんな朝早い時間に、自分以外に車を走らせる酔狂《すいきょう》な者がいたとは驚《おどろ》きだ。

まさかあの車も信号機を見にやってきたのだろうか、などと考えていると——。

次の瞬間《しゅんかん》、右側に灯《とも》っていた赤色が消え、真ん中が光った。

黄色……じゃない、白色？　いや、なんとも形容しがたい不思議な色だ。あれは、あの色はなんなんだ。噂《うわさ》は本当だったのか。

ハンドルを握《にぎ》る手が汗《あせ》ばむ。薄《うす》く広がる靄《もや》が濃《こ》くなる。この信号の色では前に進めない。

うしろのセダンが、派手にクラクションを鳴らしてきた。

いやいや、確かに赤じゃないが、青でもない。

「発進」の合図は出ていない。それくらい見れば分かるだろう？

男は苛立《いらだ》ち、うしろの車のクラクションを無視した。

とにかく、今は進んではいけないのだ。

何があってもアクセルを踏《ふ》むものか。

（私が最もおそれるものが追いかけてくると言ったな。しかし、何も来ないじゃないか？）

頭の中でさまざまな考えがめぐる。

そのうち痺《しび》れを切らしたのか、白いセダンが男の車を追《お》い越《こ》し、前へ進み出た。交通違反《いはん》じゃないかと思いつつ、男はそれを見送った。

するとうしろの車、そのまたうしろの車が次々と男の車を追い越していく。いつの間にこんなに後続車が……。

もしかして自分はこのまま、永遠にこの場所に取り残されるんじゃないか。他の者たちに追い越され、置いてけぼりをくうんじゃないか――。

そんな気持ちが迫《せ》り上《あ》がってきて、耐《た》えられなくなり、男はアクセルを踏《ふ》み込《こ》んだ。

車はぶうんと音を立てて動き出し、まっすぐに走る。前方は深い靄に包まれていた。

男の車が信号機の真下を通過し、白色の世界へ消える頃《ころ》――信号灯は青へと変わった。

そのとき、ギャルは見ていた。

世津路章

今どこ?

ちょ、来いって駅前。

マジえぐい。パない。
見ちゃったよね、ケッテーテキ瞬間《しゅんかん》みたいな。

え?
だからピエロ。
いるじゃんいつも、ほら駅前で。
知らね?　なんで?
いるじゃん、ドナルドみたいなん。

なんか輪っか持って
ポンポン放り投げてんじゃん。

それがさ、
や、ほんとキャパい。

来れねーの、駅前？　どうなの？
マジ来たほうがいいって、だって、

人消えたから。
マジで。
ピエロが手ぇ叩《たた》いたら、パンッて。

え？　メンケア？
要《い》らねーって！　ガチだって！

は？　うっせーわ！　おまえより頭好ハオだわ！
そんな言うなら駅前来いし！
マジで人消すからなピエロ。ガチで。

だって、あ、ほら、
今もさ、また、手ぇ叩いてさ、

……アセアセ。
マージで消えた。

ごめん、ゆーてあーしも信じてなかった。

あ、これわりガチに消えてるやつだわ。
最初に消えたのはオッサン。
昼間から酒飲んでみっともないやつ。
え？　ガッコサボってるやつが言うなし？
いやマジでうっせーわ。
それどころじゃねんだわ。
オッサンに戻《もど》る。
そう、オッサンがさ、ピエロに絡《から》んだんよ。
「呑気《のんき》なことやってんじゃねー」って。

ウザバカオトナ乙《おつ》って思ってたら、
ピエロ、ニコニコしたまんまでさ。
輪っか置いてさ。

手、パンッて叩いてさ。

したらオッサンもういねーの。
ウケるよね。
アプリ加工でもあーはならんっつーくらい
最初からいなかったみたいにいねーの、オッサン。
んで、おまえに電話したの。
だってこんなんありえなくない？
絶対誰《だれ》かと一緒《いっしょ》に観《み》たくない？

え？　あーし？
今マックの看板の後ろ。

そーそ、
ユカが店長と不倫《ふりん》してクビになったマック。
腹へだしどーするべ、って思ってたら
ピエロが人消したから、ソッコー隠《かく》れたん。

あ、やば。
ピエロどんどん消してる。
気づいたヤツからバンバン消してる。
駅前、けっこー人いたのに。

∨パンッ

あ、

∨パンッ

あ、、

＜パンッ

あ、、、

……もう、いない。
みんな消えた。

えっ。
つか駅前の銅像まで消えた。

あっ、あっ、噴水《ふんすい》消えた。

信号消えた。

車消えた。

駅、消えた。

やーば。
これあーしも消されるくね？

や、ゆーて距離《きょり》あるし……
今のうちに離《はな》れればギリアウトよりセーフ？

……は？
放送部？
入ってねーわ！
つかまだ信じないとかおまえマジか‼
そんな言うなら証拠《しょうこ》見せるし。

＞ガジャッ
＞……リロンッ♪

な？　な？
駅前、跡形《あとかた》ねーっしょ？
じゃ、あーしもそろそろ逃《に》げ

――えみかから送られてきた写真には、
ノイズしか写っていなかった。

……えみか？

たった今まで話していたはずの友達《ともだち》。
そのはず。
なのに。

まるで思い出せない。
ぽっかりそこだけ記憶《きおく》がない。
まるで、最初からなかったかのように。

あたしはスマホから顔を上げた。
学校をサボってぶらついていた
駅前通りの商店街が、そこにあるはずだった。

真っ白だった。

こくり、と喉《のど》が鳴り、
それきり、なんの音もしなくなった。

、

いつまでも続くような静けさの中で、

〉パンッ

と誰かが、手を鳴らした

解説

梨

「5分シリーズ」は、小説創作プラットフォームのエブリスタさんと河出書房新社さんによる人気の児童書シリーズです。ウェブ上に投稿された何万という小説作品の中から選ばれた数作が掲載《けいさい》される短篇集《たんぺんしゅう》で、これまでに四〇を超《こ》える書籍《しょせき》が発売されています。

そして、当シリーズに属する書籍のタイトルは、選ばれる短篇の志向性に基《もと》づいて決定されます。それは必ずしもホラーというわけではなく、近刊には『5分後に泣き笑いのラスト』『5分後に幸せなハッピーエンド』『5分後にときめくラスト』など、非常にバラエティに富んだセレクトがなされています。私は『5分後に誰《だれ》も死なない涙《なみだ》のラスト』が好きです。短いタイトルの言外にいくつもの縛《しば》り、傾向《けいこう》、前提が詰《つ》まっています。

そして、そんな5分シリーズ史上初の試みとしての「選者」を担当させていただくという光栄に浴するにあたっては——各作品の選出と同じくらいに、タイトルの決定にも時間を要しました。

当然、今回選出した作品も、狭義《きょうぎ》のホラーに属するわけではありません。実話怪《かい》談《だん》的なレトリックを有しているものもあれば、論理や理屈《りくつ》の埒外《らちがい》にあるファンタジックな奇想《きそう》をもつ小説もあり、それらの志向に構造的な共通項《こう》を見出すのは容易ではありませんでした。もちろん、いくつもの短篇の中でより惹《ひ》かれるものであった、という点は共通していますが。

そして、最終的に附《ふ》された書名は『5分後に取り残されるラスト』でした。ジャンルや構造の縛りは設けていなかったこともあり、「ときめく」「誰も死なない」といった表現よりもやや広い言葉を取りました。そしてこの言葉は、私がそれらの作品に惹かれた理由の一部を、端的《たんてき》に表現しています。

それらは、読者を「心地《ここち》よく取り残してくれる」のです。

それは例えば、人混みのなかで繋《つな》いでいた手がふつりと一瞬《いっしゅん》離《はな》れていくように、読者を「条理」のほんの少し外へ取り残す、そんな感覚です。無感動に自らを囲む不条理のなかで、自分ひとりだけが悄然《しょうぜん》と立《た》ち竦《すく》む。さっきまで随伴《ずいはん》していた誰かの手の、やわらかな感触《かんしょく》だけを残して。

巻頭作「**善意のたまご**」は、その世界観と、前段からは想像もつかない展開で物語が二転三転する短篇です。世界にとって善いことをすると何処《どこ》からか現れる「たまご」。それはいつしか「善意のたまご」と呼ばれ始め、政治家やタレント、自治体を巻《ま》き込《こ》んだ社会現象になっていった。善いことをした人のもとに現れることは分かっているが、必ずそうであるというわけではない。それを集めようとする人々の心の動きは、「たまご」が飽和《ほうわ》すると、いつしか「たまごから何が生まれるのか」という漠然《ばくぜん》とした興味へ移っていく。

いくつものモチーフが重層的に交わりながら、何処か他人事《ひとごと》のような距離感《きょりかん》の文体で描《えが》かれる世界は、とても不条理な、それでいてこの世界においては必然性のある結末を迎《むか》えます。

最後に主人公の少女が放った一言は絶妙《ぜつみょう》な温度感で、その結末に取り残された読者に対し、カタルシスにも似た言葉にできない心地よさを与《あた》えます。

エブリスタのウェブページで見ると、それぞれの展開に合わせた改ページによって緩急《かんきゅう》と情報量をうまくコントロールしており、演出面でも抜《ぬ》かりがありません。

かように、本書に選出した短篇には、「突《つ》き放《はな》されることの気持ち良さ」に惹かれたものが多いです。勿論《もちろん》、それは物語的な整合の放棄《ほうき》を意味せず、あくまでも必然性／整合性を担保している必要はありますが。

「**花束をお願い**」「**滲《し》み出《で》る**」は、作中で示される不可解な行動に対し、作中人物による一定の説明が与えられます。その行動原理はどこか歪《いびつ》で、理に反していて、しかし絶妙に「わかりそう」であるところが非常に不気味です。私たちは彼《かれ》らの論理に対して取り残されていますが、何かの拍子《ひょうし》でそれに「合流して」しまいそうな忌避感《きひかん》があります。

「痕跡《こんせき》」「泣いている女の子」は、文体と視点の違《ちが》いこそあれ、そうした「説明」の距離がぐっと近くなり、より明瞭《めいりょう》な恐怖《きょうふ》として私たちの前に現れます。それを体験した人物の反応も対照的です。

「川のくらげ」「カラザ」「猿獣《えんじゅう》」は今回読んだ作品（候補作含《ふく》む）のなかでも異質で、与えられた舞台《ぶたい》設定も、恐怖に仮託《かたく》されるモチーフも、あまり他に見られないものばかりでした。中でも生卵のぬるりとした不快感を想起させる「カラザ」は秀《しゅう》逸《いっ》で、それを学生同士の渾名《あだな》として用いるという厭《いや》さも魅力的《みりょくてき》です。

モチーフ立てという意味では「幻《まぼろし》の信号灯」も興味深く、怪談師がネタを集めるための取材旅行をするという基本的な導入から展開する変則的な表現は、とても強く惹かれました。信号の前を車が並び、信号の色が変わる。ただそれだけの景が、シンプルながら質量のある描写《びょうしゃ》によって、無二の読後感を生む装置に変貌《へんぼう》していきます。

そして——本書の最終話として掲載されている、「そのとき、ギャルは見ていた。」。これは、もはや作中の言葉以上に付け足すべき説明が思い当たらないくらい、色々な意味で凶悪《きょうあく》な掌編《しょうへん》です。起承転結の転だけを抜き出して見せられているかのような、あまりにも唐突《とうとつ》な展開。空行を大胆《だいたん》に配した映像的なレイアウト操作も、この文体と場面設定によく合っています。深夜帯に五分くらいのショートドラマで観《み》たい。

ここまで紹介《しょうかい》してきたすべての掌編はいずれも、特異な文脈と舞台を介して、私たちを作中世界へ放り出し、そして取り残していきました。

さて。

すっかり、暗い底の底まで落ちてしまいました。

ほんの僅《わず》かな、「五分」の足場を踏《ふ》み外《はず》して、

ずいぶん深い暗闇《くらやみ》に来てしまったようです。

各作品の読了《どくりょう》にかかる所要時間は、およそ五分。

一見短いようにも思える時間ですが、人を歪《ゆが》めるには十分すぎる長さです。十秒あれば人は死にますし、一秒未満の一瞬で差《さ》し挟《はさ》まれるサブリミナル効果によっても、人の購買《こうばい》行動を変化させることだって可能なのですから。

作中世界の暗闇に取り残された私たちは、

このあとに何をすればいいのでしょうか。

あたりを見回しても、そこにはただ黒い底が広がっているばかり。

出口らしきものも、簡単には見つかりそうにありません。

とりあえず、代わりになる世界を目指してみましょうか。
できるだけ早く中に入り込むことのできそうな、
短時間で次の世界を見つけられそうな、
そんな丁度いい仕組みがあるんです。

その仕組みの名前を、「5分シリーズ」というのですが——

【編著者紹介】

梨《なし》

インターネットを中心に多くの怪談を執筆。２０２２年に初の書籍『かわいそ笑』を発表。マンガ『コワい話は≠くだけで。』（景山五月）原作、イベント「その怪文書を読みましたか」ストーリー制作などをてがける。その他の著書に『6』『自由慄』『お前の死因にとびきりの恐怖を』などがある。

◎本書は、小説創作プラットフォーム「エブリスタ」が主催する短編小説賞「三行から参加できる　超・妄想コンテスト」入賞作品から、さらに選りすぐりのものを集め、大幅な編集を施したものです。
◎プロローグおよび解説は書き下ろしです。

本書の内容に関してお気づきの点があれば編集部までお知らせください。
info@kawade.co.jp

5分 シリーズ

5分《ふん》後《ご》に取《と》り残《のこ》されるラスト

2024年10月20日　初版印刷
2024年10月30日　初版発行

feat. 梨《なし》

［ 発行者 ］　小野寺優
［ 発行所 ］　株式会社河出書房新社
〒162-8544 東京都新宿区東五軒町2-13
☎03-3404-1201（営業）　03-3404-8611（編集）
https://www.kawade.co.jp/

［ デザイン ］　BALCOLONY.
［ 印刷・製本 ］　中央精版印刷株式会社

ISBN978-4-309-61256-0　Printed in Japan

「5分シリーズ　刊行にあたって」

今の時代、私たちはみんな忙しい。
動画UPして、SNSに投稿して、
友達みんなに返信して、ニュースの更新チェックして。

そんな細切れの時間の中でも、
たまにはガツンと魂を揺さぶられたいんだ。

5分でも大丈夫。
短い時間でも、人生変わっちゃうぐらい心を動かす、
そんなチカラが小説にはある。

「5分シリーズ」は、
5分で心を動かす超短編小説を
テーマごとに集めたシリーズです。
あなたのココロに、5分間のきらめきを。

エブリスタ×河出書房新社

5分シリーズ

5分後に禁断のラスト

それは、
開けてはいけない扉——

復讐に燃える男の決断を描く「7歳の君を、殺すということ」など衝撃の8作収録。

ISBN978-4-309-61217-1

エブリスタ 編

5分シリーズ

あなたのココロに、5分間のきらめきを

- 5分後に涙のラスト
- 5分後に驚愕のどんでん返し
- 5分後に戦慄のラスト
- 5分後に感動のラスト
- 5分後に後味の悪いラスト
- 5分間に心にしみるストーリー
- 5分後に禁断のラスト
- 5分後に笑えるどんでん返し
- 5分後に恋するラスト
- 5分後に切ないラスト
- 5分後に皮肉などんでん返し
- 5分後に癒されるラスト
- 5分後に緊迫のラスト
- 5分後に歪んだ愛のラスト
- 5分後に誰も死なない涙のラスト
- 5分後にいい気味なラスト
- 5分後に猛毒なラスト
- 5分後に超ハッピーエンド
- 5分後に謎解きのラスト
- 5分後に君とサヨナラのラスト
- 5分後に呪われるラスト
- 5分後に君とまた会えるラスト
- 5分後に美味しいラスト
- 5分後に不思議の国のラスト
- 5分後に残酷さに震えるラスト
- 5分後に絆のラスト
- 5分後に最悪のラスト
- 5分後に大冒険なラスト
- 5分後に涙腺崩壊のラスト
- 5分後に妖しい異世界のラスト
- 5分後に犯人に迫るラスト
- 5分後に衝撃のどんでん返し
- 5分後に最凶のラスト
- 5分後にときめくラスト
- 5分後に奇奇怪怪のラスト
- 5分後に奇跡のラスト
- 5分後に幸せなハッピーエンド
- 5分後に不幸なバッドエンド
- 5分後に恋にサヨナラのラスト
- 5分後にゾッとするラスト
- 5分後に泣き笑いのラスト
- 5分後に不気味なラスト
- 5分後に恋がはじまる
- 5分後に取り残されるラスト

Hand picked 5 minute short, Literary gems to move and inspire you